前言

錯別字是錯字和別字的總稱，可以說是學生學習當中的常見病、疑難病。本書彙編了學生易寫錯、混用的字詞，進行釋義、造句和辨析，並配以相關練習，希望學生通過閱讀與練習，少寫錯別字，不寫錯別字。

全書共分四冊，可供小一至初中學生使用。

為幫助學生辨別，本書按錯別字的特點，分為音近錯別字、形近錯別字和部件易錯字三部分，每一組字詞都並列出正誤寫法：

標有 ✓ 號者，是正確的寫法；

標有 ✗ 號者，是錯誤的寫法。

兩種書寫形式都標 ✓ 號者表示兩種都對，但意思卻各不相同，需要在運用時多加留意。

每組收入的字詞均附有詳細的解說，內容包括釋義、辨析和例句，並配以豐富多樣的練習題，以幫助學生分辨易錯字詞，加深印象。

每冊書後附兩份綜合練習及答案，以便學生瞭解自己對易錯字詞的掌握情況。

希望通過本書的閱讀與練習，使學生瞭解字的正誤和致誤原因，從根本上避免出現錯別字，提高正確使用中文的能力。

目錄

音近錯別字

形近錯別字

部件易錯字

晉升 ✓　　進升 ✗

釋義：升到較高的職位和級別。

辨析：「晉」本義是出於地上，所以引申比喻為上升、上進、升高的意思，如：「晉級」。

「進」也有推進的意思，但它的方向不是向上，而是向前，向裏面，如：「進取」、「長進」。

例句：1. 聽說要晉升陳小姐當人事部經理，這事當真嗎？

2. 要想晉級成功，這支球隊還需要再贏一場球賽。

3. 爸爸在工作中一直努力進取，所以得到這次晉升機會是意料中的事情。

倔強 ✓　　崛強 ✗

釋義：固執、頑強。

辨析：「倔」形容個性強硬，固執。可以單獨使用，如：「那個小伙子很倔」。構成的雙音詞，常用的只有「倔強」。

「崛」形容事物迅速冒升、發展起來，如：「崛起」。

例句：1. 年青人被歹徒打得血流滿面，但還是倔強得不肯讓歹徒逃走。

2. 那位老人性格很倔強，和家裏人合不來。

3. 這座城市雖然經歷了地震的洗禮，但經過幾年的重建，經濟又迅速崛起。

糟蹋 ✓　　糟塌 ✗

釋義：指浪費或損壞。也可指侮辱，蹂躪。

辨析：「蹋」指踏、踩、踢的意思。在現代漢語中，「蹋」只與「糟」組詞。

「塌」指物件倒下或下陷，如：「塌陷」、「死心塌地」。

例句：1. 爺爺在鄉下住過幾十年，知道種田的辛苦，常告誡我們不要糟蹋糧食。

2. 你勸勸他，讓他別再這樣酗酒，糟蹋自己的身體。

3. 新樓建築已接近完成，這才發現東南面的地基塌陷。

敍舊 ✓　　聚舊 ✗

釋義：親友之間談論跟彼此有關的舊事。

辨析：「敍」指記述，如：「敍述」、「敍事」；或者指說、談，如：「敍家常」。

「聚」指聚集，如：「聚會」、「聚積」。

例句：1. 爺爺每年都要找機會和戰友見見面，敍敍舊。

2. 她倆是多年的好友，常常見面敍家常。

3. 昨天晚上，爸爸和他的幾位校友聚會，大家見了面都親切地敍舊。

反璞歸真 ✓　　反撲歸真 ✗

釋義：比喻去掉外飾，恢復原來的自然狀態。

辨析：「璞」指未曾雕琢的玉石。「反璞」就是比喻回復到未曾雕飾過的本來面目。「歸真」即是回歸天然狀態。

「撲」是動詞，是用力向前衝，使全身力氣突然伏在物體上的意思，如：「撲空」、「香氣撲鼻」。「反撲」是指失敗後再回過頭來進攻的意思，不能表達出「回歸天然狀態」的意思。

例句：1. 她曾是一位有名的演員，自從息影之後，便洗盡鉛華，反璞歸真，看起來就跟我們鄰居的「師奶」沒有甚麼兩樣。

2. 下半場，太陽隊頂住了馬刺隊的反撲，以領先三分的戰績結束了比賽。

3. 在師傅的眼裏，這個徒弟是一塊難得的璞玉，假以時日雕琢一番，必定會有一番大成就。

詞語對對碰

一　在下面橫線上填上「晉」或「進」，並找出詞語的反義詞，用線連起來。

______級	退步
長______	降職
______升	降級
______口	削職為民
加官______爵	出口

填一填

二　選出正確的字，填在下面句子中的橫線上。

塌　蹋　榻　掘　溢　異　倔　崛

1. 在過去十多年裏，位於美國加州海岸的矽谷______起了一家家充滿活力的高科技企業。
2. 經過數次挖______和清理，考古隊終於再現了這座沉睡於地底下數百年的城邦的模樣。
3. 那個______強的男孩聽不進父母的忠告，毅然決然地離開了家去流浪。
4. 那人醉得一______糊塗，根本聽不見警員在說些甚麼，倒在牀______上便昏睡不醒。
5. 地震過後，無數房屋倒______，公路______陷，整個小鎮變成了廢墟。
6. 好一幅流光______彩的都市夜景啊！給我們帶來了______乎尋常的美好感受。

樞紐 ✓　　樞鈕 ✗

釋義：指事物相聯繫的中心環節。

辨析：「樞」指門上的轉軸。當門打開或關閉時，門以「樞」為中心轉動。如果「樞」壞了，門就不能打開或關閉。「紐」指紐扣，藉着紐扣把衣服分開的兩襟扣在一起。所以「樞」和「紐」連用，比喻事物相聯繫的中心環節。

「鈕」和「紐」有時通用，「紐扣」可寫為「鈕扣」。但「紐」可以組成「紐帶」、「樞紐」等抽象意義的詞語，「鈕」卻不可以。

例句：1. 經過幾十年的發展，一向以交通閉塞聞名的甘肅省省會蘭州，如今已成為中國西北地區最大的交通樞紐和物資集散地。

2. 我剛按下按鈕，電腦顯示屏上就跳出一行字，提醒我小心病毒。

目不暇給 ✓　　目不瑕給 ✗　　目不睱給 ✗

釋義：形容眼前美景太多，變化太快，眼睛來不及看。

辨析：「瑕」指玉上面的斑點，如：「潔白無瑕」、「瑕疵」。「暇」指空閒，沒有事的時候，如：「閒暇」、「無暇」。在「目不暇給」中，指的是來不及看，不要因為受了「目」的暗示，把「暇」的偏旁寫成「目」。

例句：1. 這部電影的武打設計十分精彩，打鬥一場接着一場，令人目不暇給，很受年輕觀眾歡迎。

2. 下雪了，大地換上了一身銀裝，潔白無瑕，美極了。

墨守成規 ✓　　默守成規 ✗

釋義：按老規矩辦事，不肯改進。

辨析：「墨守」：戰國時，墨子善於守城，故稱善守為「墨守」。後指固執不變地遵循。成規：現成的規矩、制度。「墨守成規」中，「墨」指的是墨子。

「默」指不說話，不出聲，如：「沉默」。也指暗中，如：「默許」。

例句：1. 從默默無聞到聲名遠揚，這位科學家經歷了漫長的幾十年的艱辛和不為人知的奮鬥。

2. 事情都是可以變通的，如果這種方法不行，還可以換其他的方法。循規蹈矩，墨守成規難以成事。

煽風點火 ✓　　搧風點火 ✗

釋義：比喻慫恿別人去幹壞事。

辨析：「煽」多指慫恿、誘惑別人去幹壞事，如：「煽風點火」、「煽惑」（煽動和誘惑）。

「搧」作動詞時，解釋為搖動扇子等以生風取涼，或搖動翅膀，如：「搧風」、「搧動翅膀」。

例句：1. 當局懷疑是有人在暗地裏煽風點火，激起民眾的不滿情緒，事情才會鬧到如此不可收拾的地步。

2. 你明知道吸煙是不對的，你不阻止他，還在一旁煽風點火，這樣能算是朋友嗎？

3. 海鷗悠閒地搧動着翅膀，跟波浪嬉戲。

4. 夏天，祖母還是習慣不停地搧動着那把破舊的大蒲扇，不喜歡用空調。

誇誇其談 ✓　　誇誇奇談 ✗

釋義：誇誇：說大話。說話或寫文章浮誇，不切實際。

辨析：「其」一般用作指示代詞，指他（她、它）的，他（她、它）們的，如：「自圓其說」、「各得其所」、「誇誇其談」。

「奇」主要意思是指罕見的，特殊的，如：「奇聞」、「奇恥大辱」。也可指出人意料的，令人難測的，如：「出奇制勝」。

例句：1. 他總是喜歡誇誇其談，但是讓人一聽便知道他缺乏知識和見地，也不知道該如何闡述他自己的見解。

2. 志文改變了打法和節奏，果然出奇制勝，很快便贏下了一局。

3. 他在演講台上信口開河，誇誇其談，殊不知在內行人聽來完全都是無稽之談。

4. 弟弟的腦袋裏常常裝滿了各種稀奇古怪的想法。

在方格中填上適當的字，完成四字詞語。

1. 

□不掩瑜　目不□接　應接不□　潔白無□

2. 

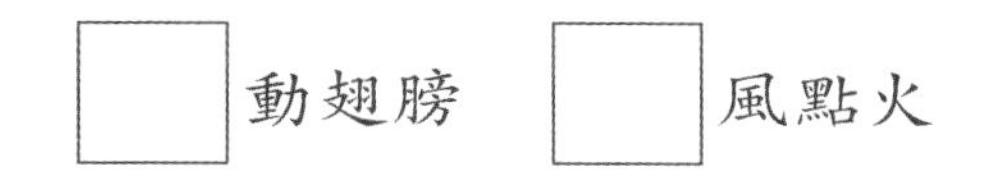
□動翅膀　□風點火

3. 

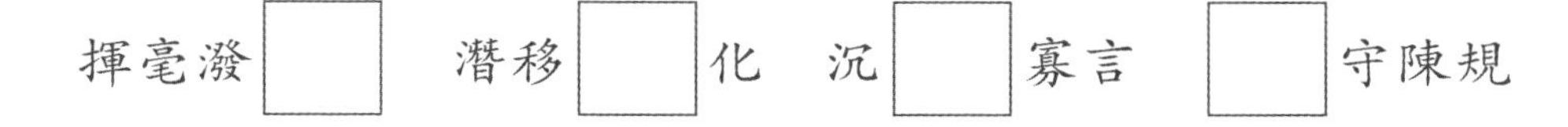
揮毫潑□　潛移□化　沉□寡言　□守陳規

4. 

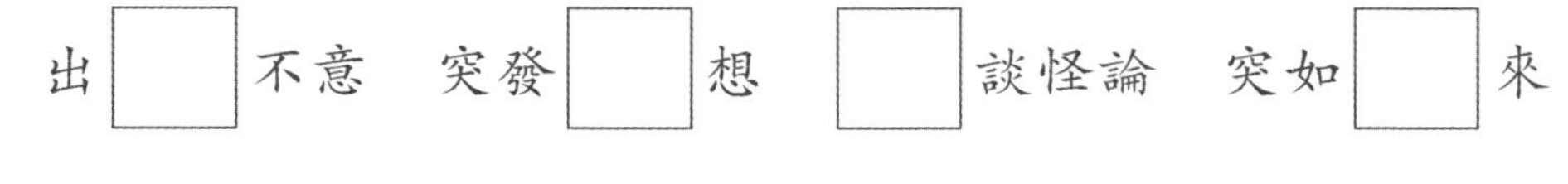
出□不意　突發□想　□談怪論　突如□來

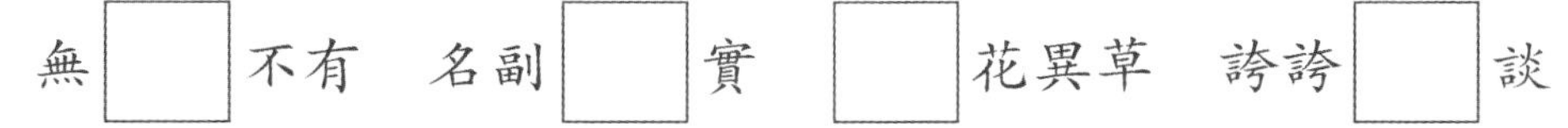
無□不有　名副□實　□花異草　誇誇□談

稀□古怪　恰如□分　□風異俗　身臨□境

爭□斗豔　人如□名　□珍異寶　若無□事

千□百怪　坐享□成　□形怪狀　□貨可居

不負眾望 ✓　　不負重望 ✗

釋義：不辜負眾人的期望，指表現令人滿意。

辨析：「眾」的甲骨文是，表示三人成「眾」，指相隨、同行的一羣人。現在，「眾」用來指廣大人羣，老百姓，如：「不負眾望」。引申指大量的，如：「眾志成城」。在「不負眾望」中，「眾」指的就是大家。若寫成「不負重望」，豈不是變成了「不辜負重要的期望」了嗎？

還有一個詞與「不負眾望」的意思相反，就是「不孚眾望」，意思是不能使公眾信服。

例句：

1. 新上任的經理有膽有識，果然不負眾望。
2. 這位區議員候選人因受緋聞困擾，不孚眾望，所以在競選中落敗並不出人意料。
3. 導演把最重要的角色留給他，結果他果然不負眾望，演活了那個生活在最底層的小人物的形象。

丟三落四 ✓　　丟三拉四 ✗

釋義：形容馬虎或記憶力不好而容易忘記事情。

辨析：「落」在讀「賴」時，意思和「拉」是一樣的，都可以表示「遺漏」，或是「把東西放在一個地方忘記拿走」的意思。從這一點來說，「丟三拉四」意思也是對的，但是現代漢語進行了規範，規定用「丟三落四」，而不用「丟三拉四」。

例句：

1. 姐姐平時總是丟三落四的，所以經常看到她在家裏找各種東西。
2. 祖母最近記憶力明顯不如以前了，經常丟三落四的，有時候出門就忘記自己要出來幹甚麼了。
3. 他做事情總是拖拖拉拉的，總是在時間快要截止的時候才匆匆忙忙地開始。

恍然大悟 ✓　　恍然大誤 ✗

釋義：一下子明白過來。

辨析：「誤」是錯誤的意思，如：「誤會」、「失誤」。

「悟」有覺醒、明白的意思，如：「醒悟」、「覺悟」、「執迷不悟」、「至死不悟」（到死都不覺悟）。「恍然大悟」的「悟」不可以寫成「誤」，不然，豈不是變成「大大錯誤」的意思嗎？

例句：1. 聽了介紹，大家才恍然大悟，原來這件所謂稀世古董，只不過是複製的贗品而已。

2. 姊姊在這件事情上執迷不悟，沒有任何人能勸說得了她。

3. 看到哥哥拿出他親手做的手工我才恍然大悟：這些天我一直誤會他了。

精神恍惚 ✓　　精神彷彿 ✗

釋義：指精神不集中或神志不清。

辨析：「恍惚」有兩項詞義：①精神不集中，或神志不清，如：「精神恍惚」。②（記得、聽得、看得）不真切、不清楚。

「彷彿」的意思是好像、似乎，跟「恍如」同義，如：「恍如隔世」。

例句：1. 自從丈夫過世之後，她整天精神恍惚，一下子蒼老了許多，叫人看了心痛。

2. 爺爺恍惚記得多年前離開家鄉時，母親對他說的話。

3. 表哥的模樣還跟十年前相彷彿，所以我一眼便認出了他。

熙來攘往 ✓　　稀來讓往 ✗

釋義：形容行人來往眾多。

辨析：「熙」是廣大眾多的樣子，「攘」形容紛亂。「熙熙攘攘」和「熙來攘往」都是形容人羣來往、熱鬧擁擠的樣子。

「稀」指稀少，「讓」指禮讓，都跟擁擠、熱鬧拉不上關係。

例句：1. 旺角真的是名副其實的「旺」，每天都擠滿熙熙攘攘的行人。

2. 這幾天氣溫驟降，寒氣襲人，路上的行人都行色匆匆，大街小巷一改從前熙來攘往的景象。

根據花燈的內容，猜猜是哪一個成語。

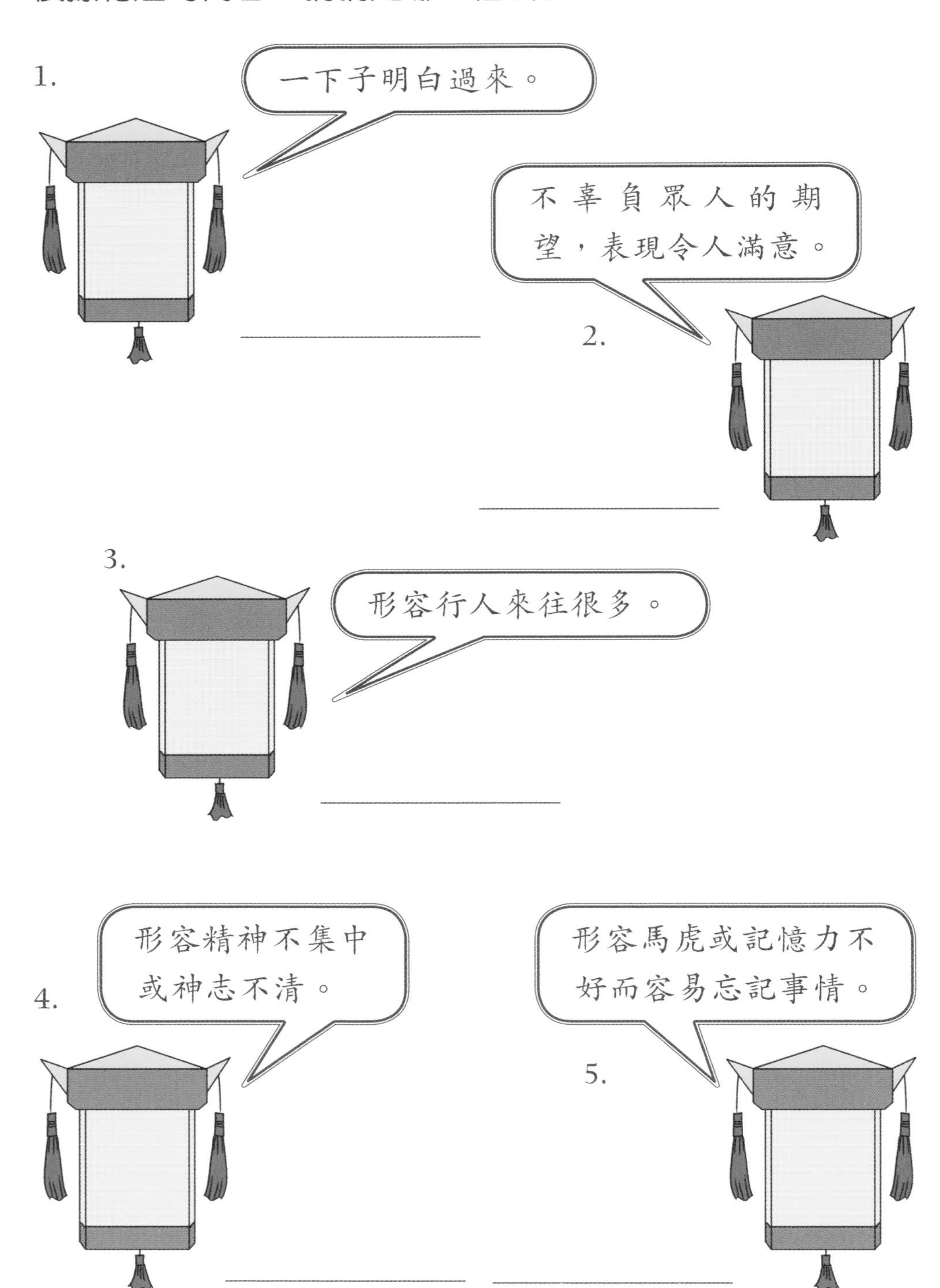

1.
一下子明白過來。
2.
不辜負眾人的期望，表現令人滿意。
3.
形容行人來往很多。
4.
形容精神不集中或神志不清。
5.
形容馬虎或記憶力不好而容易忘記事情。

雲霄 ✓　　雲宵 ✗

釋義：極高的天空；天際。

辨析：「霄」指雲、天空，如：「九霄雲外」。

「宵」指夜，如：「元宵」、「通宵達旦」（整整一夜，從天轉黑到天亮）。

例句：1. 月光下，這座枯寂的山峯顯得有些突兀，高高的山峯就像一把鋒利的寶劍直插雲霄。

2. 他早把這件事情忘到九霄雲外去了，這時才想起來，趕緊慌手忙腳地去準備。

3. 除夕那天，很多人都是通宵達旦地玩樂，等到零點的鐘聲一敲響，越來越多的鞭炮被點燃，震耳欲聾的鞭炮聲響徹雲霄。

虎視眈眈 ✓　　虎視耽耽 ✗

釋義：像老虎那樣兇狠地盯着。形容貪婪而兇狠地注視。

辨析：「眈」從「目」，常疊用。「眈眈」是形容眼睛威猛注視的樣子，如：「眈眈相向」、「虎視眈眈」。

「耽」從「耳」，指延誤，延遲的意思，如：「耽誤」、「耽擱」。

例句：1. 牛羣還在河邊悠閒地喝水休息，全然不知一頭獅子正躲在草叢裏虎視眈眈地盯着牠們。

2. 因為塞車，我們在路上耽誤了一些時間，趕到電影院時，電影已經開始了。

拖遝 ✓　　拖踏 ✗

釋義：形容做事拖拉，不爽快。

辨析：「遝」指多而重複，如：「遝亂」、「紛至遝來」（形容連續不斷地到來）。

「踏」從「足」，是踩的意思，如：「踏春」、「踏板」。

例句：1. 這部電影開始還很精彩，但到了後半部分，節奏有些拖遝，情節也比較老套。

2. 爸爸希望我們能夠踏踏實實做事，不要奢望天上掉餡餅的事情發生。

籌備 ✓　　酬備 ✗

釋義：為進行工作、舉辦事業或成立機構等事先籌劃準備。

辨析：「籌」的意思是謀劃，設法謀取，如：「籌款」、「籌謀劃策」。

「酬」的意思是報答，如：「酬謝」。也可以指報酬，如：「按勞取酬」。「酬」沒有「謀劃」的意思。

例句：1. 大家都在為這個身患重病的可憐孩子籌款，難道你就不應該也伸出援手嗎？

2. 爸爸正在籌備一個大型的汽車展覽，所以最近經常加班。

戛然而止 ✓　　嘎然而止 ✗

釋義：形容聲音突然中止。

辨析：「戛」的本義是敲擊。「戛然」在古文裏有兩個含義，一是指嘹亮的鳥鳴聲。二是指聲音突然停止。「戛然而止」中的「戛然」取的就是第二種意思。

「嘎」是象聲詞，形容嘹亮而短促的聲音。「嘎嘎」是形容鴨子的叫聲，沒有「嘎然」這樣的詞語。

例句：1. 那幾個調皮的男孩正在講台上熱鬧地打鬧，回頭一看老師來了，他們的聲音戛然而止。

2. 大家正觀看得入神，音樂聲卻戛然而止了。

3. 就是這樣一場無情的災難，讓多少鮮活的生命戛然而止。

滄桑 ✓　　倉桑 ✗

釋義：「滄海桑田」的略語。大海變成農田，農田變成大海。比喻世事變化很大。

辨析：「滄」從「水」，指水青綠色，如：「滄海」。也可以表示寒冷，如：「滄涼」。

「倉」指倉房，倉庫，如：「糧食滿倉」。

例句：1. 爺爺那慈祥的臉上寫滿了歲月的滄桑。

2. 這座古老的教堂雖歷經百年滄桑，卻歷久彌新。

一　下面的偏旁可以與部首組合成新字，在括號內填上字並組詞。

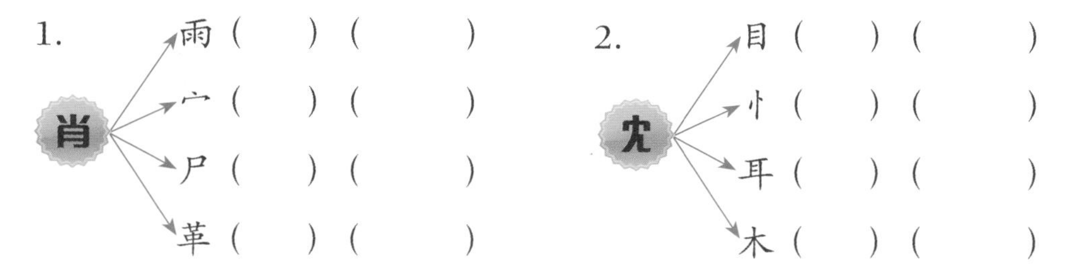

二　下面的通告中缺了漢字，在橫線上填上適當的漢字。

各位同學：

我們從去年開始 1. _______ 建達達樂隊，現需要招募人手，你願意加入我們的隊伍，為樂隊的建設 2. _______ 謀劃策嗎？歡迎你的加入！

我們還需要 3. _______ 集一些資金，如果你能幫助我們 4. _______ 集資金，我們很樂意付給你一些報 5. _______ ，或者用其他的方式予以 6. _______ 謝。

達達樂隊

6 月 3 日

光彩炫目 ✓　　光彩眩目 ✗

釋義：強烈的光彩輝映得人睜不開眼來。形容色彩美麗、鮮豔；也用來形容某些藝術作品和藝術形象的極高成就。

辨析：「炫」從「火」，本義指光耀、輝映。也可以引申為誇耀，如：「炫耀」。「眩」從「目」，指眼睛昏花，如：「頭暈目眩」、「暈眩」。

例句：1. 每逢聖誕節，光彩炫目的燈飾替尖東披上節日的盛裝，把尖東打扮得格外嬌豔迷人。

2. 經過長途顛簸，我剛從車上走下來，便感到一陣頭昏目眩。

3. 那人得意洋洋地向旁人炫耀他新買的跑車。

來勢洶洶 ✓　　來勢兇兇 ✗

釋義：（人或事物）到來的聲勢很大。

辨析：「洶」從「水」，本義是形容水勢很大的樣子，如：「洶湧」、「波濤洶湧」。「洶洶」則用來形容水流盛大的聲勢，也比喻人多鼓噪的聲音雜亂又響亮。

「兇」形容兇惡、兇狠，「兇」字不能疊用。

「來勢洶洶」多用來形容一羣人到來時呼嘯、鼓噪的聲勢，一般多屬來者不善。正因為如此，才會有人誤寫為「來勢兇兇」。

例句：1. 這一次的洪水來勢洶洶，所到之處，滿目瘡痍，給人們帶來了很大的損失。

2. 看這一班人來勢洶洶，說不定是成心來鬧事的，你們要小心一點才好。

3. 別看他們來勢洶洶，不過只是虛張聲勢罷了，他們都不是兇狠的人。

駭人聽聞 ✓　　害人聽聞 ✗

釋義：使人聽了非常吃驚（多指社會上發生的壞事）。

辨析：「駭」的本義指馬受驚。也可以用來表示害怕、吃驚的意思。

「害」沒有吃驚的意思，不能寫成「害人聽聞」。

例句：1. 報紙上登了一條駭人聽聞的消息：某地不法商販用工業酒精製酒而致多人中毒。

2. 哥哥記錯了地址，害得我們不得不多走了一站路才找到體育館。

兇神惡煞 ✓　　兇神惡殺 ✗

釋義：原指兇惡的神、鬼，現在多用以比喻兇惡的人。

辨析：「煞」是名詞，迷信的人指的惡神或惡鬼，如：「煞氣」。這個成語拿「兇惡」鑲嵌「神煞」，「惡煞」與「兇神」同義。「煞」也可以用做語氣助詞，表示程度很深，如：「氣煞」、「愁煞」。

「殺」是動詞，「殺戮」的「殺」，如：「殺害」。與「兇神惡煞」所指的兇惡的鬼神扯不上關係。

例句：1. 他撕下溫情的面紗，兇神惡煞地吼着，揮動着刀向路人撲去。

2. 人類為了滿足自己的私利，殘忍地殺戮了很多珍稀動物。

成也蕭何，敗也蕭何 ✓
成也簫何，敗也簫何 ✗

釋義：比喻事情的成敗都出自於一人。

辨析：蕭何是漢高祖劉邦的丞相。「成也蕭何」是指韓信成為大將軍是蕭何向劉邦推薦的。「敗也蕭何」是指韓信被殺也是蕭何出的計謀。不論是成功還是敗亡都是由於同一個人。

「蕭」是姓。「簫」是古代用許多竹管排在一起做成的管樂器。

例句：1. 自他進入公司以來，在他的帶領下公司的業績年年上升，可是去年卻因為他的盲目投資造成巨額虧損，真可謂「成也蕭何，敗也蕭何」。

2. 她的寧靜溫柔，使人如聽着簫管的悠揚，如嗅着玫瑰花的芬芳。

動腦筋

一　把下面的漢字組成成語，寫在橫線上。

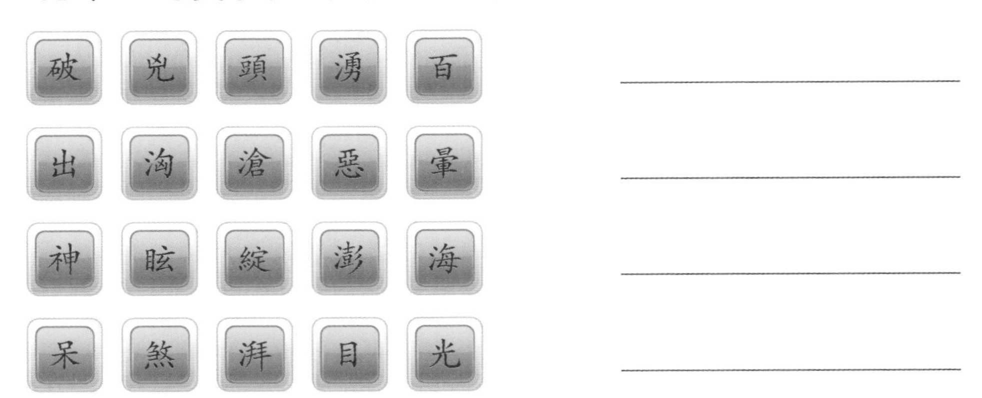

改一改

二　圈出下面段落中的錯別字，在方格內改正。

1. 聽了這個消息，志明簡直驚害得說不出話來，臉色殺白。眩目的陽光中，他感到有些頭暈目炫，幾乎支持不住，伸手抓住旁邊的樹幹，這才站穩了身子。

2. 這部電視劇追求離奇的情節，故意華眾取寵，結果造成故事前後茅盾，破腚百出，到後面都不能自圓其說，真是大殺風景。

3. 颱風來勢凶凶，在海面上掀起了驚濤害浪。這艘巨輪在波濤兇湧的大海上，變成了一片樹葉，隨時都可能被凶神惡殺的海浪撕得粉碎。每個人都驚害不已，祈禱能逃過這一劫。

老奸巨猾 ✓　　老奸巨滑 ✗

釋義：老於世故，奸詐狡猾。

辨析：「猾」本是傳說中一種狡詐的野獸，引申形容人奸詐、奸邪，如：「狡猾」。

「滑」原本是形容光滑、平滑，引申形容浮而不實。如：我們形容愛佔便宜卻想少幹事情、少負責任的人為「滑頭滑腦」，稱他們「油滑」。

「猾」和「滑」都可以用來形容人的品質，但在程度上有所差異。「滑」惡劣的程度較輕，「猾」惡劣的程度較重。

憑你那份道行，只夠稱「滑」。

例句：
1. 他是一個老奸巨猾的政客，專門會拿一些冠冕堂皇的話來敷衍騙人。
2. 只要小羊們齊心協力，也能戰勝老奸巨猾的大灰狼。
3. 這家公司的行政經理辦事圓滑，經常扮「好好先生」。

矯枉過正 ✓　　驕枉過正 ✗

釋義：糾正偏差做得過了頭。

辨析：「矯」的本義是把彎曲的事物弄直。後引申為糾正，改正，如：「矯治」、「矯枉過正」。它還可以表示「強壯，勇武」的意思，如：「矯健」、「矯若游龍」。

「驕」指驕傲、猛烈，如：「驕橫」、「驕陽似火」。

例句：
1. 戴眼鏡的好處是可以幫助近視的人矯正視力。
2. 我們糾正錯誤既要實事求是，也要掌握好分寸，儘量避免矯枉過正。
3. 雖然現在驕陽似火，運動場上還是能見到運動員們矯健的身影，他們仍在刻苦訓練。

故步自封 ✓　　固步自封 ✗

釋義：比喻因循守舊，安於現狀，不求創新、進取。

辨析：「故」指舊。「故步」出自《邯鄲學步》：以前，有人去邯鄲學步，沒學成，又把自己原來走路的步法忘記了，只好爬着回來。「故步」指原來走路的步法，後比喻沿襲從前的、陳舊的東西。

「固」也有原來、本來的意思，但因「故步」出自典故，不能混用。

例句：
1. 「學海無涯」，我們剛學到一點東西，不能自滿或故步自封。
2. 廣告講究的是創意，如果故步自封或是墨守成規，做出來的廣告自然不能吸引人。
3. 雖然我們宣揚固有文化，但不是要大家故步自封，而是要去創造性地繼承傳統文化。

故弄玄虛 ✓　　故弄懸虛 ✗

釋義：故意玩弄花招，使人莫測高深。

辨析：「玄」原指幽遠，引申為深奧、神妙。「玄虛」指的是使人迷惑的欺騙手段。

「懸」即掛的意思，如：「懸空」、「懸燈結綵」。

例句：
1. 吳先生向來愛故弄玄虛，很平常的話題從他的嘴裏說出來，便使人覺得莫測高深。
2. 這個人冒充風水大師，還在自己的辦公室懸掛了很多自己和各界名人的合照，最後證明不過是故弄玄虛罷了。

高潮迭起 ✓　　高潮疊起 ✗

釋義：高潮一次又一次地出現。

辨析：「迭」指多次，語義還暗示着一次緊接着一次的意思。所以「高潮迭起」又暗示高潮一次緊接着一次出現。

「疊」指堆疊，「疊起」即堆疊起來。

例句：
1. 這部小說情節緊湊，高潮迭起，文字描述也行雲流水，令人不忍釋卷。
2. 媽媽把搭在椅背上的衣服用手展平，然後仔細地疊起來。
3. 街頭混亂無序的遊行運動鬧得街邊商店的業主們個個叫苦不迭。

根據下面的題目，在方塊圖中圈出正確的詞語，並在答案旁標示題目編號。

少	老	奸	巨	猾	自	不	力
年	圖	強	故	事	事	給	為
且	天	步	滑	高	潮	迭	起
過	自	頑	強	頭	無	大	公
封	開	固	懸	持	滑	掛	層
連	重	不	度	燈	添	腦	層
城	量	化	口	手	結	花	疊
故	弄	玄	虛	吉	交	綵	疊

1. 你到底打聽到了甚麼消息？快點告訴我們啊！不要在這裏＿＿＿＿＿＿了。
2. 指佔便宜卻想少幹事、少負責的人。＿＿＿＿＿＿
3. 「老謀深算」的近義詞。＿＿＿＿＿＿
4. 爺爺可真夠＿＿＿＿＿＿的，我們都告訴他太鹹的東西吃了不利於健康，可他還是每天吃很多。
5. 這台晚會的節目非常精彩，＿＿＿＿＿＿，大家看得津津有味。
6. 我們站在太平山頂俯視下方，只見維港兩岸的樓房＿＿＿＿＿＿，述説着這個城市的繁華。
7. 「與時俱進」的反義詞。＿＿＿＿＿＿
8. 快到校慶日了，學校裏到處＿＿＿＿＿＿，打扮得分外迷人。

刎頸之交 ✓　　　吻頸之交 ✗

釋義：至死不變的朋友。

辨析：「刎」從「刀」，指用刀割脖子。「自刎而死」即是自己用刀割脖子而死。古人稱生死之交為「刎頸之交」，言外之意即是：即使把脖子割斷（死），友情也決不改變。

「吻」從「口」，本義指嘴唇，後指用嘴唇接觸，也可指説話的語氣，如：「口吻」。

例句：1. 項羽意識到自己已被重兵包圍，又不願苟且偷生，只得在烏江邊自刎而死。

2. 正是由於廉頗敢於負荊請罪，歷史上才有了「將相和」的佳話，廉頗和藺相如後來還成了刎頸之交。

3. 他總是用命令式的口吻跟她説話，這讓她覺得非常不舒服。

渙散 ✓　　　煥散 ✗

釋義：形容（精神、組織、紀律等）散漫；鬆懈。

辨析：「渙」從「水」，本義指水勢盛大，如：「渙渙」（形容水勢盛大）。也可以指消散，如：「渙散」、「渙然冰釋」（比喻嫌隙、誤會等完全消除）。

「煥」從「火」，指光明，光亮，如：「煥發」、「煥然一新」（形容出現了嶄新的面貌，顯得很光彩）。

例句：1. 這支足球隊隊員和教練之間起了內訌，弄得人心渙散，再也無法重現昔日的風采了。

2. 叔叔最近壓力很大，晚上經常失眠，弄得白天總是一副精神渙散的樣子。

3. 真是「人逢喜事精神爽」，她最近剛剛升了職，孩子也考上了理想的大學，整個人看起來容光煥發。

惟妙惟肖 ✓　　唯妙唯肖 ✗

釋義：形容刻畫或描摹得非常逼真。

辨析：「惟、維、唯」同音，是三個老是糾纏不清的字，現辨析如下：

字	意義	詞例
惟	①思想（與「維②」通） ②單單，只（與「唯①」通） ③語氣助詞，沒有意義	思惟 惟一，惟利是圖 惟妙惟肖
維	①連接，保持 ②思想（與「惟①」通） ③語氣助詞	維繫，維持 思維
唯	①單單，只（與「惟②」通） ②答應的聲音	唯一，唯利是圖 唯唯諾諾

「惟妙惟肖」的「惟」只是語氣助詞，沒有意義，可以和「維」通用。

例句：1. 江小姐是一位模仿的高手，她把梅豔芳唱歌的神情、舞姿模仿得惟妙惟肖，大有「以假亂真」之勢。

2. 他把電影中那個唯利是圖的小人物形象刻畫得惟妙惟肖，獲得了觀眾的一致認可。

竭盡綿薄 ✓　　竭盡棉薄 ✗

釋義：竭盡自己微小的力量和才能，常用作自謙之辭。

辨析：「綿」指絲綿，用絲整理而成的像是棉花的東西，由此引申出形容延續、輕軟、微小之意，如：「綿延」、「綿長」、「綿薄」。

「棉」指棉花或與棉花有關的物品，如：「棉紗」、「棉被」。

例句：1. 他非常有俠義之心，他常說：「只要是朋友遇到困難，我都會竭盡綿薄之力去幫忙。」

2. 遠處那冰雪覆蓋的山峯，重重疊疊，綿延不斷，一直延伸到遙遠的天際。

在下面方格內填上適當的字，完成句子。

惟　維

1. 他從小家境貧寒，一家人的生活就靠父親一個人的工資來□持。

2. 那位老師傅用一口鍋把糖燒化，然後用一把小刀沾一點糖汁在麪板上做各種□妙□肖的小動物。

綿　棉

3. 那位老婆婆的生活並不富裕，但她卻資助了兩個貧困山區的學生，她說，她會竭盡□薄去幫助他們完成學業。

4. 要進入這個小山村必須徒步翻過連□的羣山，外出一趟很不容易，所以村民們基本都是自給自足，連穿的□衣都是自己縫製的。

吻　刎

5. 別看他平日裏交遊廣闊，好像有很多朋友似的，但是真正到他遇到困難的時候才發現，他居然連一個□頸之交都沒有。

6. 他略帶嘲弄的口□激怒了男孩，男孩的臉漲得通紅，眼睛裏射出憤怒的光芒。

暫付闕如 ✓　　暫付缺如 ✗

釋義：暫時讓它空缺。

辨析：「缺」的意思是空缺、缺少。

「闕」亦同「缺」。但是「闕」是一個文言詞語，只保留在「暫付闕如」、「姑存闕疑」（暫時把疑難問題保留着，不下判斷。）之類的詞語中。

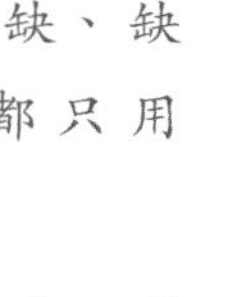

在現代漢語中，表示「空缺、缺少、缺點」的意思時，都只用「缺」，不用「闕」。

例句：1. 試卷中有一題是翻譯古文，可是<u>子健</u>完全不明白這段古文的意思，最後只好讓它暫付闕如了。

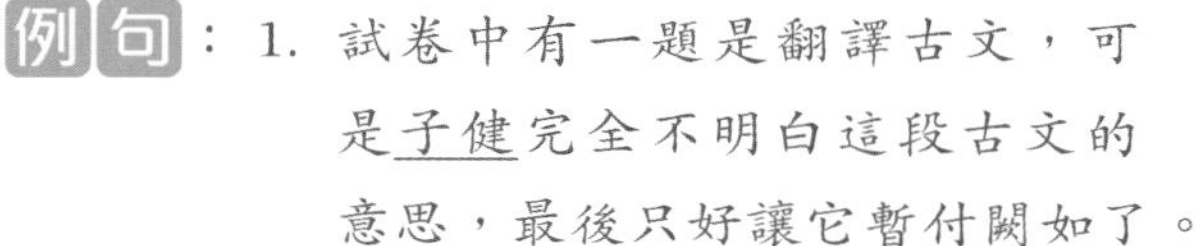

2. 關於這個偏僻村落裏的七十多户姓「出」的人家是何時、從何處遷來本縣定居的問題，尚無可靠的文字記載。所以，在新編《縣誌》裏，「出」姓的資料只好姑存闕疑。

寧缺毋濫 ✓　　寧缺無濫 ✗

釋義：寧可缺少一些，也不要不顧品質或效果而一味求多。

辨析：「毋」是副詞，表示禁止或勸阻，相當於「不要」的意思，多用於文言詞中，如：「毋妄言」，「毋庸」等。

「無」的本義是沒有，也可以作為副詞，作「不可」解釋。作為「不可」解釋的「無」可以與「毋」通用。只是這樣通用，勢必產生歧義。所以，即使在古漢語裏也較少通用。

例句：1. 姊姊認為認識真正的朋友是需要緣分的，所以她寧缺毋濫。

2. 無論從哪一個方面來看，這份手稿的價值都是毋庸置疑的。

3. 沒有人是無所不能的，所以家長在給孩子挑選興趣班的時候還是應該寧缺毋濫，要尊重孩子的意願。

黯然神傷 ✓　　暗然神傷 ✗

釋義：形容心神沮喪。

辨析：「暗」與「明」相對，形容光線不足，如：「暗淡」。「暗」也引申比喻隱藏的，秘密的，如：「暗害」、「明人不做暗事」。

「黯」指陰暗。「黯然」可以形容陰暗，也比喻人的心情灰暗、抑鬱，如：「黯然淚下」。

例句：1. 想到這些不愉快的往事，她不禁黯然神傷。

2. 只要想起在災難中失去的親人，他就忍不住黯然淚下。

3. 看着面前一大堆的帳單，他不禁覺得前途暗淡，再想起老家等着他養活的老人，更是黯然神傷。

冒天下之大不韙 ✓　　冒天下之大不諱 ✗

釋義：犯了天下最大的錯誤。現多指不顧世界人民的反對而幹壞事。

辨析：「韙」的意思是：是、對，「不韙」即是：不是、不對。

「諱」的意思是因有顧忌而不敢説或不願説，如：「忌諱」、「諱疾忌醫」、「諱莫如深」。

例句：1. 誰敢冒天下之大不韙，發動不義之戰，就必將受到歷史的懲罰。

2. 對於政府來説，如果無視民意，忌諱對民眾講真話，這無疑是冒天下之大不韙。

部署 ✓　　步署 ✗

釋義：安排；佈置（人力、任務）。

辨析：「部」從「邑」，表示與行政區域有關。本義指將一個城邑劃分為幾塊，後引申為將一個整體劃分成幾個單位，如：「部分」、「局部」。「部」也可作動詞用，意思指率領、安排，如：「部署」。

「步」本義指左右腳前後走動，作動詞也與走路有關，如：「步人後塵」（比喻追隨、模仿別人，自己沒有創造性）。

例句：1. 警方經過周密部署，終於將這一伙犯罪分子一網打盡。

2. 作為這次戰鬥的總指揮官，他對行動的具體部署瞭如指掌。

3. 這兩個國家一向在政治主張上不合，各自都在邊境上部署重兵，形勢劍拔弩張。

巧填拼圖

一　下面的四字詞語順序亂了，並且少了一個字。把正確的詞語填在橫線上。

1. 能 ☐ 不 所　＿＿＿＿＿＿
2. 可 或 ☐ 不　＿＿＿＿＿＿
3. 傷 神 然 ☐　＿＿＿＿＿＿
4. 付 ☐ 如 暫　＿＿＿＿＿＿
5. 濫 缺 ☐ 寧　＿＿＿＿＿＿

填一填

二　選出適當的詞語填在橫線上。

冒天下之大不韙　暗中　諱言

1. 雖說很少人敢＿＿＿＿＿＿，悍然發動戰爭，但不容＿＿＿＿＿＿，仍有些極端勢力在＿＿＿＿＿＿作祟，眼看和平無望，戰爭一觸即發。

部署　佈置　步驟

2. 軍隊已經對防衛工作進行了＿＿＿＿＿＿，在邊境上＿＿＿＿＿＿了三個師的兵力，並準備有計劃、有＿＿＿＿＿＿地增派兵力到前線重鎮。

黯然神傷　黯然失色　暗無天日

3. 戰爭的陰影使昔日繁華熱鬧的都市變得＿＿＿＿＿＿，一想到即將到來的戰爭和＿＿＿＿＿＿的生活，人們就忍不住＿＿＿＿＿＿。

改邪歸正 ✓　　改斜歸正 ✗

釋義：改正錯誤，回到正道上來。

辨析：「邪」和「斜」都是形容詞，都有「形容不正」的含義，只是「斜」多用以形容具體的事物，如：「斜坡」、「斜角」、「斜陽」。「邪」則多用以形容人的思想、行為，如：「邪念」（不正當的念頭）、「邪說」（有嚴重危害性的不正常的言論）、「邪氣」（不正當的風氣或作風）。

例句：1. 他決心把自己改邪歸正的心路歷程寫成一本書，給那些像他一樣的迷途少年作為借鑒。

2. 在這麼傾斜的山坡上騎自行車，真是需要高超的技術和過人的體能呢！

3. 我們決不可助長這股歪風邪氣，應該抵制它的滋生、蔓延。

貽笑大方 ✓　　怡笑大方 ✗

釋義：讓內行、專家笑話。

辨析：「貽」從「貝」，表示與錢財有關，指贈送、遺留，如：「貽害」（遺留禍害）、「貽人口實」（因出錯給人留下話柄）。在「貽笑大方」中，「貽」指的就是遺留的意思。「大方」指的是學識淵博的人、專家。

「怡」從「心」，與心情有關，指精神愉快，如：「心曠神怡」、「怡然自得」。

例句：1. 敬文在演講之前，又認認真真地把演講辭檢查了一遍，生怕裏面出現了錯誤，弄得貽笑大方。

2. 如果病人使用抗生素不當，就會貽害無窮。

3. 這一帶鄉村的景色十分怡人，空氣也十分清新，我們不妨在此多住一些日子。

流芳百世 ✓　　留芳百世 ✗

釋義：美名永遠流傳於後世。

辨析：「流」本義指河水往低處運動，如：「奔流」、「流水」。引申指不受約束到處活動，如：「流氓」。也引申指風行，傳播，如：「流芳百世」。

「留」的金文 [金文字形] = [金文字形]（卯，連住）+ [金文字形]（田，莊稼地），本義指農人依戀賴以生息的田地，在故土長住不遷徙，引申指停在某地不離開，如：「留連忘返」。也引申指保存、存放，如：「保留」。「流芳百世」指的是美名「流傳」，而不是美名「保存」，故不能寫成「留芳百世」。

例句：1. 那些為了守衛祖國領土而英勇犧牲的戰士們終將流芳百世。

2. 吳承恩和他的《西遊記》終將流芳百世。

震撼 ✓　　震憾 ✗

釋義：指強烈地震動，搖撼。

辨析：「憾」從「心」，因此多用於和心理活動有關的詞，表示失望、不滿足的意思，如：「遺憾」、「缺憾」。「撼」從「手」，多用於和肢體運動有關的詞，表示搖動的意思，如：「撼動」、「搖撼」。

例句：1. 戰場上，硝煙瀰漫，炮火聲震撼了大地。

2. 當人們看到母雞為了保護自己的孩子，不惜用自己弱小的身體對抗老鷹的畫面時，都被深深地震撼了。

眾口鑠金 ✓　　眾口爍金 ✗

釋義：原來比喻輿論的力量大，後來形容人多口雜，能混淆是非。

辨析：「鑠」從「金」，指熔化，如：「鑠石流金」（比喻天氣極熱）。也可以指耗損，削弱。

「爍」從「火」，指閃動光亮的樣子，如：「閃爍」、「目光爍爍」。

例句：1. 這件事本來與我毫無關係，但眾口鑠金，現在連老師都相信是我做的。

2. 媒體報道的新聞必須謹慎求證，萬一報道失實，金口鑠金，會有人因此而受牽連。

3. 老師問志明為甚麼遲到，他卻閃爍其辭，吞吞吐吐。

看圖填字

一　根據圖意，在橫線上填上適當的字。

1.

眾口 ____________

2.

____________ 大方

3.

____________ 忘返

4.

____________ 歸正

填一填

二　在方格內填上適當的字，完成句子。

1. 在一個平常的日子，沙漠上的人們目睹了震 □ 人心的一幕：巨大的蘑菇雲沖天而起，□ 天動地，蔚為壯觀。

2. 夜晚，當將領們 □ 然自得地喝酒、欣賞歌舞時，全然不知道已經 □ 誤了戰機。

3. 他目不 □ 視、泰然自若地向前走着，毫不在意旁人對他的指指點點。

4. 這個江湖術士常常利用一些歪門 □ 道來給人治病。

迄今為止 ✓　訖今為止 ✗

釋義：到目前為止，到現在為止。

辨析：「迄」帶有濃烈的文言語味，表示「到」的意思，如：「自古迄今」（從古到今）。也可以引申為「終究、始終、一直」的意思，如：「迄未成功」。

「訖」的意思是完結、終了，如：「收訖」、「驗訖」。

例句：
1. 這起案件真是錯綜複雜，所以迄今為止，警方都還沒有掌握很多有用的線索。
2. 雖然科學家們很努力，但迄今為止，他們還沒有研發出真正有效地對抗愛滋病的特效藥。
3. 看到我親手做的蛋糕，媽媽流淚了，她說這是她迄今為止吃到的最美味的蛋糕。

歷歷在目 ✓　曆曆在目 ✗

釋義：清清楚楚地出現在眼前。

辨析：「歷」從「止」，意思是經過，或是經過了的，如：「經歷」、「遊歷」、「歷史」、「歷盡滄桑」。

「曆」從「日」，指的是推算年月日的方法，或是記載年月日的書表、冊頁，如：「陰曆」、「日曆」、「曆書」。

兒時情景，歷歷在目。

例句：
1. 小時候在鄉下生活的情景，直到如今依然歷歷在目。
2. 提起在校時的糗事，叔叔不好意思地說：「都是老黃曆了，還提它作甚麼！」
3. 翻看日曆媽媽才記起，今天是她大學畢業二十年的日子。回憶起畢業時的情景，許多珍貴的瞬間彷彿歷歷在目。

陰謀詭計 ✓　　陰謀鬼計 ✗

釋義：指暗地裏策劃壞的、害人的主意。

辨析：「鬼」作形容詞側重指不光明，多用來指偷偷摸摸、躲躲閃閃的動作，或不可告人的打算和勾當，如：「鬼頭鬼腦」、「心懷鬼胎」。

「詭」則側重指奸猾，多用以形容奸詐多變的心思和行為，如：「詭計」、「詭辯」。「陰謀詭計」和「詭計多端」中的「詭計」，指的都是狡詐的計謀，所以不能用「鬼計」。

例句：1. 他們的陰謀詭計一旦被披露，就再也不敢無法無天了。

2. 看那人鬼鬼祟祟的樣子，會不會是小偷？一想到這裏，婆婆就警惕起來，不由自主地捂緊了挎包。

其樂融融 ✓　　其樂溶溶 ✗

釋義：形容十分歡樂、和睦。

辨析：「融融」形容和睦快樂的樣子。

「溶」、「熔」、「融」都表示「使某種物質從固態變成液態」，但是它們還是有細微的差別：

字	部首	意義	示例
溶	水	物件是化學物質，條件是水。把固態物質放在某種液體中化開叫做「溶」。	糖、鹽溶於水。如：「溶解」、「溶化」。
熔	火	物件常常是金屬，條件是溫度（多是高溫）。	金屬受熱到一定程度，變成液態叫「熔」。如：「熔煉」、「熔岩」。
融	虫	①物件常常是冰雪或蠟燭，條件是溫度，不需要高溫。 ②引申指融合、調合。（「溶」、「熔」沒有引申義。）	①「冰雪融化」、「蠟燭融化」 ②「融洽」、「融會貫通」（融合貫穿各方面的道理，得到系統透徹的理解。）

例句：1. 每到新年，我們都會和爺爺祖母聚到一起，一家人其樂融融。

2. 看見小寶寶這麼可愛，母親的心都快被融化了。

一　巧填「詭」、「鬼」字詞語。

A.			祟	祟
B.		計	多	端
C.		斧	神	工
D.	行	蹤		秘
E.	牛		蛇	神
F.	陰	謀		計
G.		頭		腦

二　右邊的物體若想變為液體，會用到左邊的哪一個字？把正確的字和圖連起來。

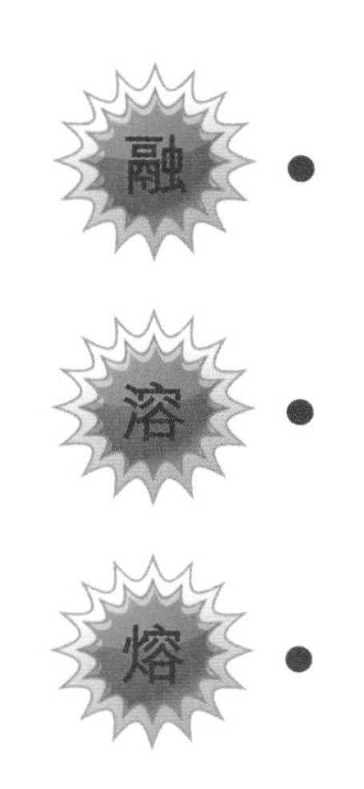

黃粱美夢 ✓　　黃樑美夢 ✗

釋義：唐代沈既濟《枕中記》載，盧生在邯鄲客店白晝入夢，享盡榮華富貴。夢醒，店主蒸的黃粱（小米）飯還沒熟。後用來比喻虛誕的事和希望的破滅。

辨析：「粱」從「米」，本是粟類中優良品種的統稱，引申為精美的主食，如：「膏粱」（指肥肉和細糧，引申指富貴人家）、「高粱」。

「樑」從「木」，指橋或物體隆起的部分，如：「橋樑」、「鼻樑」等。

例句：
1. 文健每天不認真學習，卻想考試取得好成績，這真是黃粱美夢。
2. 香港現在的房價很高，對很多剛畢業的大學生來說，靠自己的工資在很短的時間內買房，無異於黃粱美夢。
3. 大家要注意居家安全，出門要關上門窗，謹防樑上君子光顧。

連篇累牘 ✓　　連篇累讀 ✗

釋義：形容篇幅太多，文辭冗長。

辨析：「牘」從「片」，本指木頭豎剖成的一半。古時是用木片作為書寫材料的，也稱木簡，「牘」故從「片」，如：「案牘」、「連篇累牘」。也指古時的一種樂器。現在已經不經常使用此字。

「讀」本義指將書面文字唸出來，如：「誦讀」。引申指看書，或是求學，如：「讀大學」。

用木簡來寫字，如果篇幅過長，一篇文章就是一箱箱的案卷，自然就是「連篇累牘」，而不是「連篇累讀」。

例句：
1. 老師說：「明明幾句話就可以說清楚的事情，何必寫得如此連篇累牘呢？」
2. 現代人的生活節奏快，使得讀者的閱讀習慣也有了變化，他們對短文的喜愛勝過那些連篇累牘的長文。

蕩然無存 ✓　　盪然無存 ✗

釋義：全數失去，一點也沒有留下。

辨析：「蕩」從「艸」，表示搖動、擺動，如：「蕩漾」、「蕩秋千」。後來引申為閒逛，放縱，如：「遊蕩」、「放蕩」。還可以表示清除乾淨的意思，如：「傾家蕩產」。在「蕩然無存」中，「蕩」就是清除、弄光的意思。

「盪」從「皿」，指搖動，如：「動盪」、「振盪」。

例句：1. 一場春雨過後，山上的冰雪蕩然無存，小草迫不及待地鑽出了地面。

2. 現在，這個地區的時局動盪，這裏的人民曾經引以為榮的繁華也早就蕩然無存。

陳詞濫調 ✓　　陳詞爛調 ✗

釋義：陳舊而不切實際的話。

辨析：「濫」從「水」，本義指泛濫，引申為過度、沒有限制，如：「濫竽充數」、「濫用」。

「爛」一般不用於形容語言，常用的意思是：「破爛」、「腐爛」。

例句：1. 演講者並沒有甚麼獨到的見解，所講的也無非是一些陳詞濫調。

2. 不用緊張，你既然已經把台詞背得滾瓜爛熟，上台表演一定不會出錯的。

貧瘠 ✓　　貧脊 ✗

釋義：形容（土地）薄，不肥沃。

辨析：「瘠」從「疒」，指身體瘦弱或土地不肥沃，如：「貧瘠」。

「脊」指人和動物背部的骨柱，如：「脊樑」；後泛指物體直立成條的背部，如：「刀脊」、「書脊」；或物體中央高起而兩邊下斜的部分，如：「屋脊」、「山脊」。

例句：1. 山上的土地貧瘠，所以越來越多的村民搬到了山腳下居住。

2. 中國的青藏高原是世界上海拔最高的高原，因而有「世界屋脊」之稱。

根據提示走出下面的文字迷宮。

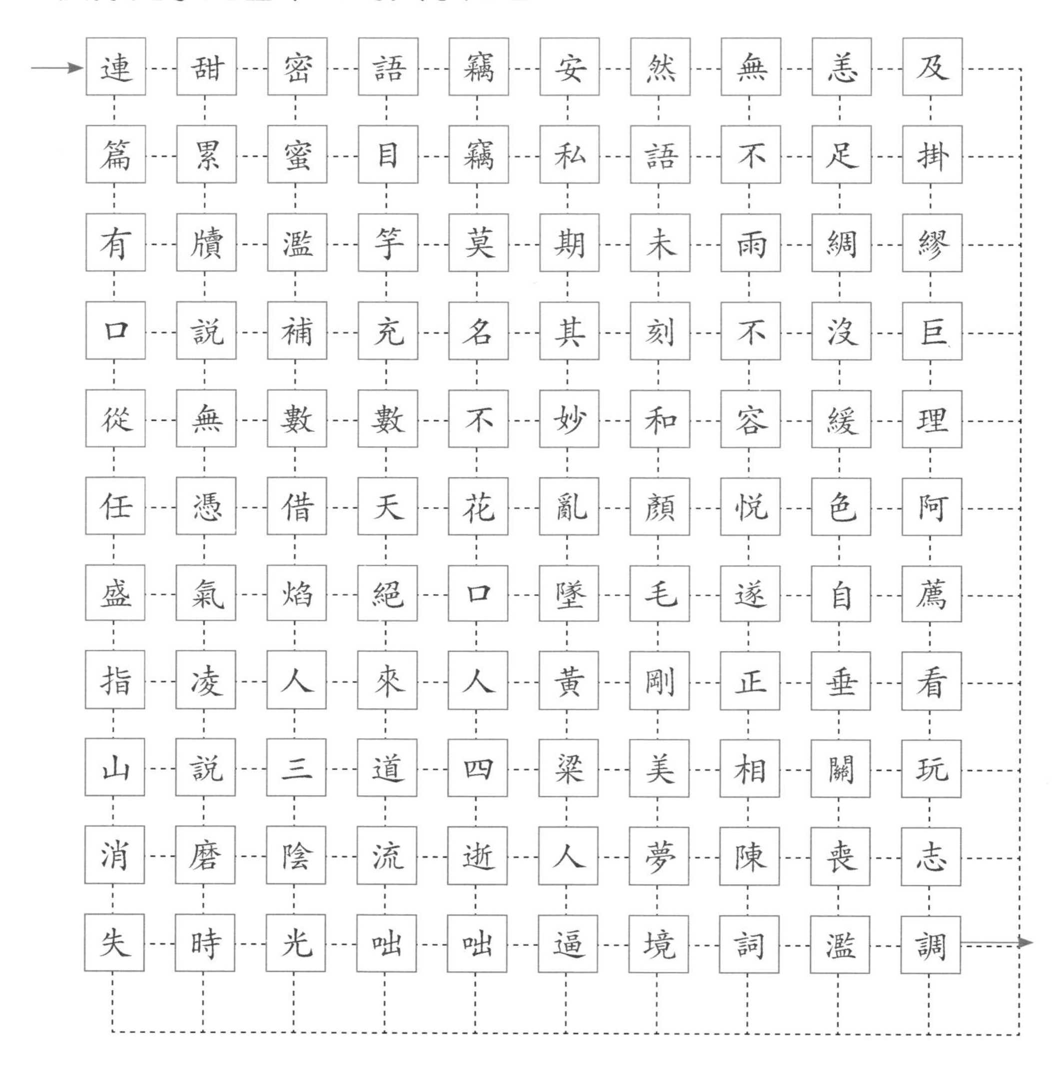

連甜密語竊安然無恙及
篇累蜜目竊私語不足掛
有牘濫竽莫期未雨綢繆
口説補充名其刻不沒巨
從無數數不妙和容緩理
任憑借天花亂顏悅色阿
盛氣焰絕口墜毛遂自薦
指凌人來人黃剛正垂看
山説三道四粱美相關玩
消磨陰流逝人夢陳喪志
失時光咄咄逼境詞濫調

第一步：找出「言簡意賅」的反義詞。

第二步：找出意思是「比喻沒本事的人冒充有本事；或以次貨冒充好貨」的成語。

第三步：找出「信口雌黃」的近義詞。

第四步：找出意思是「比喻虛誕的事和希望的破滅」的成語。

第五步：找出意思是「陳舊而不切實際的話」的成語。

開源節流 ✓　　開源截流 ✗

釋義：比喻在財政經濟上增加收入，節省開支。

辨析：「節」的金文 = （竹）＋（即，就餐），表示竹制餐具。引申指物體各段之間相連的地方，如：「骨節」、「關節」。在「開源節流」中，「節」指節儉。

「截」指切斷，如：「截斷」、「截肢」。或者指阻擋，如：「攔截」。

若將「開源節流」寫成「開源截流」，那豈不變成了只增加收入，切斷支出了嗎？

例句：
1. 受到這次金融危機的影響，這家公司也遭遇前所未有的困境，公司決定開源節流。
2. 全球都面臨着能源危機，每個國家都應該開源節流。
3. 無論到了甚麼時候，媽媽都懂得開源節流，爸爸說，有媽媽在，我們以後都不用擔心沒飯吃。

甘拜下風 ✓　　甘敗下風 ✗

釋義：原指甘心服從、聽命，後泛指真心佩服，自認不如對方。

辨析：「拜」指一種表示敬意的禮節，如：「拜掃」、「拜佛」。也可以表示見面行禮表示祝賀，如：「拜年」、「拜壽」。

「敗」指在戰爭或競賽中失敗，跟「勝」相對，如：「立於不敗之地」。「甘拜下風」中，「下風」指風向的下方，比喻處於劣勢地位；「拜」指一種表示敬意的禮節。

例句：
1. 沒想到短短的幾個月，叔叔的羽毛球技藝提升這麼多，我甘拜下風。
2. 要想在充滿競爭的市場上立於不敗之地，就必須要有富有創意和實用價值的產品。

精悍 ✓　　精焊 ✗

釋義：①形容人聰明能幹。②形容文筆等精練犀利。

辨析：「悍」從「心」，「心」與「旱」聯合起來表示發狂的神態。後引申為勇猛，如：「強悍」、「悍將」。也指兇狠不講理，如：「兇悍」。

「焊」從「火」，指用熔化的金屬把金屬元件連接起來，或用熔化的金屬修補金屬器物。「焊」與金屬有關，自然不能用來形容人或文筆。

例句：1. 別看他個子不高，卻短小精悍，臂力過人。

2. 我們都以為能寫出這麼精悍的文字的人一定是一個強壯的男生，誰知道卻是一個文弱的女子。

不期然 ✓　　不其然 ✗

釋義：不由自主地。

辨析：「不期然」本是一個文言詞語，原型是「不期而然」或「不期然而然」，意思是「沒有期望如此卻竟然如此」。現代漢語中已經簡縮為「不期然」。「期」是動詞，是期望的意思。

例句：1. 每當走過街角的時候，我的目光總是不期然地落在這個高大的郵筒上。

2. 果不其然，她的期待又一次落空了。

廝殺 ✓　　撕殺 ✗

釋義：互相拼殺，互相博鬥。

辨析：「廝」原是古代對做雜役的男子的蔑稱，也是對人的輕慢稱呼，如：「小廝」、「廝役」。現指「互相」的意思，如：「廝殺」、「廝打」。

「撕」指用手使東西（多為薄片狀的）裂開或離開附着處，如：「撕毀」。

例句：1. 幾隻狼衝進牛羣，經過一番激烈的廝殺，終於捕到了一頭小牛。牠們把小牛拖到一邊，心滿意足地撕咬起來。

2. 你們本是一母同胞，現在卻為了一點蠅頭小利而撕毀合同，互相廝殺，豈不是讓親者痛，仇者快？

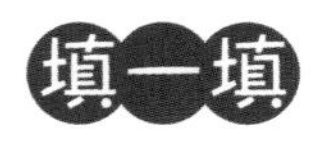

選出適當的字，填在圓圈內。

敗 撕 拜

1. 在中國的歷史上，有很多皇帝都是通過◯位奪得天下的，比如唐太宗李世民就是通過著名的「玄武門之變」爭得太子之位的。

2. 志明可是我們班上有名的「智多星」，和他比計謀我甘◯下風。

3. 現代人的生活節奏很快，有多少人有精力和時間去讀那些大部頭的書呢？所以報刊上那些短小精◯的文章更受歡迎。

4. 這兩隻公雞可真是好鬥呀！牠們只要一見面就會打架，身上的毛都快被扯光了，可只要一有機會牠們還是會◯殺在一起。

5. 百合雖然沒有玫瑰的◯麗，沒有牡丹的雍容，也沒有茉莉花的芬芳，卻因為它的純潔和堅強而贏得了人們的喜愛。

6. 太可笑了！他居然以為單方面◯毀合同就可以當一切都沒有發生過，真是幼稚呀！

升斗小民 ✓　　星斗小民 ✗

釋義：指經濟拮据、生活困難的老百姓。

辨析：「升」和「斗」都是舊時量米的器具，每升可以裝米二斤，每斗可以裝米二十斤。舊時鄉下買米不方便，財主大戶都有幾擔甚至幾十擔米放在家裏常備，而貧窮人家的米缸裏只有一升半斗的米。

「星斗」泛指天上光亮的星星，如：「滿天星斗」。誤寫「星斗小民」的人，可能是把這個成語理解為形容小民之多，如同天上的星斗，這是不對的。

例句：1. 今年的物價飛漲，升斗小民的日子更不好過了。

2. 他坐在草地上，仰望着滿天星斗，試圖從中找出人馬座來。

荒廢 ✓　　荒費 ✗

釋義：指土地不耕耘，建築物年久失修。也可以比喻學業荒疏，不利用財物或浪費時間。

辨析：「廢」指的是一些沒有用的，甚至是有害的、失去原來作用的東西，如：「廢氣」、「廢墟」、「廢棄」等。

「費」則是用掉有用的東西，如：「浪費水」、「花費時間」等。

例句：1. 幾年沒有回鄉下，爺爺聽説舊屋已經變成一片廢墟了。

2. 爸爸常常提醒我和哥哥，要珍惜年華，不要荒廢時光。

3. 為了領一點點免費的紙巾要排上至少半個小時的隊，在我看來，就是荒廢時間。

抄襲 ✓　　抄習 ✗

釋義：①抄錄他人作品或語句作為自己的。

②繞到敵軍的側面或後方進行突然襲擊。

辨析：「襲」作動詞，常用於指趁人不備，突然攻擊，如：「襲擊」、「抄襲」。也可表示照樣做，如：「抄襲」、「沿襲」、「襲用」。

「習」本義指小鳥反覆地飛，引申作反覆練習，如：「溫習」、「研習」。作名詞表示長時間形成的行為，如：「舊習」、「惡習」、「積習難改」。

例句：1. 抄襲別人的作品，猶如偷竊別人的東西，都是可恥的行為。

2. 抄襲他人的論文，這在很多時候居然已經成為習以為常的事情，真是非常可悲啊！

剎那間 ✓　　霎那間 ✗

釋義：表示極短的時間，也可以寫成「一剎那」。

辨析：「剎那」是外來語，直接從梵文的 ksana 譯音的，意譯為「一念之間」或「一瞬間」。印度古代用作最短促的時間單位之稱。

「霎」本指極短時間的小雨，後來也形容時間短促，一般寫為「霎時間」。

例句：1. 有些魔術是利用光學折射的原理，讓觀眾有剎那間產生幻覺的感覺。

2. 霎時間，我感到非常內疚，責備自己不該如此武斷，胡亂懷疑別人。

商榷 ✓　　商確 ✗

釋義：商量討論。

辨析：「榷」从「木」，表示商討的意思，如：「商榷」。

「確」指符合事實的，真實的，如：「的確」、「正確」。也可以指堅固、堅定，如：「確立」、「確信」。

例句：1. 老師說他基本同意我的觀點，但覺得有幾個小問題還值得商榷。

2. 政府的意願是不是就一定正確？這一點還是有待商榷。

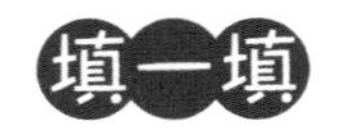

一 下面圓圈裏的字，可以組成哪些詞語？把它們填在方格內。

小 剎 習 常
費 荒 廢 間 那
抄 免 升 斗 以
民 襲 為

例： 免 費

A. □□

B. □□

C. □□□

D. □□□□

E. □□□□

二 巧填「升」、「星」字成語。

A.	歌	舞		平
B.		火	燎	原
C.	披		戴	月
D.		斗	小	民
E.	大	步	流	
F.	步	步	高	
G.	物	換		移

桀驁不馴 ✓　　桀傲不馴 ✗

釋義：兇暴強悍不馴順，也指傲慢倔強。

辨析：「桀」指兇暴。「驁」從「馬」，本指不馴良的馬，在這裏形容傲慢、狂妄，程度比「傲」更深，故不能寫作「傲」。

例句：
1. 在眾人看來，藝術家都有些桀驁不馴，他們或打扮怪異，或言辭犀利。
2. 雖然她的言辭很有見地，但是因為她説話的態度傲慢，也很難給人留下好印象。

修心養性 ✓　　收心養性 ✗

釋義：通過自我反省體察，使身心達到完美的境界。

辨析：「修」的意思是修飾、裝飾。「修心」即是「使心靈純潔」。

從字面上解釋，「收心」也可以解釋得通，指「收拾心緒」。但是成語「修心養性」源自元朝吳昌齡的《東坡夢》：「則被這東坡學士相調戲，可着我滿寺裏告他誰。我如今修心養性在廬山內，怎生瞞過了子瞻，賺上了牡丹，卻叫誰來替？」

例句：
1. 這裏的環境幽靜，四季如春，實在是一個修心養性的好地方。
2. 打太極真的是一項修心養性的運動方式，不僅鍛煉了我們的身體，也能讓我們的心境變得很寬容，很平和。

暢所欲言 ✓　　唱所欲言 ✗

釋義：把心裏想説的話痛痛快快地講出來。

辨析：「暢」既有無阻礙、不停滯的意思，也含有痛快、盡情之意，「暢所欲言」就是指把心裏的話痛快地通暢地説出來。

「唱」是唱歌的意思。若誤寫成「唱所欲言」，意思豈不是變成「把想説的話唱出來」嗎？

例句：
1. 在討論會上，同學們各抒己見，暢所欲言。
2. 還有一種壞處，是一做教員，未免有所顧忌；教授有教授的架子，不能暢所欲言。

不擇手段 ✓　　不摘手段 ✗

釋義：不選擇手段，意思是甚麼手段都用得出來。

辨析：「擇」有揀選的意思，除了「不擇手段」，還有如：「飢不擇食」（肚子餓的時候就顧不上揀選食物了。比喻迫切需要時，顧不得選擇）。

「摘」是指用手採下來，如：「摘一朵花」、「摘一串葡萄」。所以「不擇手段」不可以寫成「不摘手段」。

例句：1. 為了達到目的而不擇手段，即使目的正確，也是不對的。

2. 有些不法商人為了謀取更多利益，簡直是不擇手段，甚麼都可以造假。

悲喜交集 ✓　　悲喜交雜 ✗

釋義：悲傷和喜悅的心情交織在一起。

辨析：「集」有「聚合」的意思。「交集」意即「交叉匯合」，常用來形容不同的感情或事物同時出現，如：「百感交集」、「雷雨交集」。

「雜」形容亂，形容許多種類、款式不同的東西，或身分不同的人聚集在一起，如：「魚龍混雜」（比喻壞人和好人混在一起）。

例句：1. 這對夫妻離散了數十年，今天終於得以破鏡重圓，不禁悲喜交集，抱頭痛哭。

2. 長期流落在外的兒子終於回家了，母親百感交集，老淚縱橫。

明火執仗 ✓　　明火執丈 ✗

釋義：「明火」指點燃火炬；「執仗」則指手拿武器。這個成語原來是形容公開搶劫，也可比喻毫無顧忌地幹壞事。

辨析：「仗」的本義是兵器的總稱，在這個成語中指的就是兵器。後來引申為依仗、憑藉，如：「仗勢欺人」、「狗仗人勢」。

「丈」本義指長度單位，如：「白髮三千丈」。後來引申出與長度有關的一些詞語，如：「丈夫」（古代指身高一丈的男子）、「丈量」等。

例句：1. 這伙歹徒近日竟然在鬧市區明火執仗地打劫，真是可忍孰不可忍！

2. 看着腳下的萬丈深淵，我的腿都嚇軟了，不敢動彈一步。

填一填

一　根據下面表格內的字和圖畫的提示填寫成語。

修	♥	養	
不		✋	
覆	💧		
♥			念

A. ______________

B. ______________

C. ______________

D. ______________

二　圈出下面段落中的錯別字，並在方格內改正。

1.　　時隔兩年，叔叔回憶起當年的事仍不禁思潮起伏，百感交雜；在當時錯宗複雜的情況下，一着不慎，便會滿盤皆輸。如今在慶倖之餘，也夾集了一絲遺撼。如果放在現在來做，自己也許會處理得更好。

2.　　山林野火肆虜，大風又加速了火勢的漫延，袋鼠、馬等動物在濃煙和火焰中慌不摘路，幾座房屋被火燒毀，消防隊不得不出動飛機，從空中撒水。這次火災造成的損失幾乎是毀滅性的。

日月如梭 ✓　　日月如梳 ✗

釋義：形容時間過得很快。

辨析：「梭」指舊時織布機上拉着橫線穿過直線的橄欖形器件。因為織布時，梭子要在機器上飛快地穿來穿去，所以「梭」又可以形容來往得快，如：「穿梭而過」。「日月如梭」的「梭」也是形容來往之快。

「梳」指頭梳，也可以用作動詞，如：「梳頭」、「梳辮子」。

例句：

1. 日月如梭，光陰似箭，一晃就是五年。
2. 我真想乘上時光穿梭機，去古代和未來世界遨遊一番。

敷衍塞責 ✓　　敷衍失責 ✗

釋義：對自己應承擔的責任不認真履行，應付了事。

辨析：「失」是「失去」的意思。有一個詞語叫「失職」，指沒有盡到職務範圍內應盡的責任。也許是受到這個詞的影響，以致把「塞責」寫為「失責」。事實上，沒有「失責」這樣的詞。

「塞責」指搪塞責任。「塞責」與「失職」意思有關聯，它們的區別在於：「塞責」是指一種工作態度，工作作風。「失職」則是指已成事實的後果。

例句：

1. 這種對民眾不理不睬、敷衍塞責的態度，不是官僚主義的表現是甚麼？
2. 作為政府的公務人員，對民眾的投訴不理不睬，敷衍塞責，這就是嚴重的失職。
3. 我們向政府部門反映物價上漲的問題，有關部門勉強作態地對市場物價做了一次調查，以此來表示他們已盡了責任，這就是敷衍塞責。

面黃肌瘦 ✓　　面黃飢瘦 ✗

釋義：面色發黃，肌膚消瘦。形容營養不良或有病的樣子。

辨析：在「面黃肌瘦」中，「面」和「肌」對應，「黃」和「瘦」對應。「肌」指肌肉。「飢」指餓，如：「飢餓」、「如飢似渴」。

例句：1. 那位婦人因為常年勞累導致營養不良，面黃肌瘦的樣子真讓人同情。

2. 他長期被病痛折磨，又沒有錢買營養品，所以看起來面黃肌瘦。

3. 匡衡白天在地主家做工，晚上拿着從地主家借來的書，靠着從鄰居家借來的光便如飢似渴地讀起來。

一視同仁 ✓　　一視同人 ✗

釋義：原指對待百姓一樣看待，同施仁愛。後引申指對人不分厚薄，同樣對待。

辨析：「一視同仁」由「一視」和「同仁」兩個短語組成，「一視」即一樣看待，「同仁」即同施仁愛，與「同人」的意思不同，「同人」指的是一同做事的人。

例句：1. 如果醫生連對待病患都不能做到一視同仁，又如何能夠被稱為良醫呢？

2. 他雖然入職不久，但與公司同人的關係相處甚為融洽。

接洽 ✓　　接恰 ✗

釋義：跟人聯繫商量有關的事情。

辨析：「洽」指跟人聯繫商談，如：「接洽」、「洽商」。

「恰」從「心」，本義是用心，後來引申為恰當，正好，如：「恰到好處」、「恰合時宜」。與「商談」沒有關係。

例句：1. 姊姊喜歡寫網路小說，有出版商在網路上看到了她的文章，主動和她接洽，商量出版事宜。

2. 恰好有一個機會，他被派去加拿大洽談業務。

一　在適當的空格中填上「人」或「仁」。

		旁		
		若		
勝		無	宅	
	沁		心	脾
一	視	同		
籌			厚	

詞語對對碰

二　在橫線上填上「肌」或「飢」，並找出詞語的近義詞，用直線連起來。

首當其衝 ✓　　首當其沖 ✗

釋義：處在重要的位置。比喻最先受到攻擊或遭遇災難。

辨析：「衝」由「行」+「重」組成，本義是指交通要道，重地，如：「要衝」。後來引申為向前闖，如：「衝出重圍」、「橫衝直撞」。

「沖」從「氵」，表示與水有關，如：「沖茶」、「沖澡」、「被水沖垮」。

例句：1. 金融風暴時，各行各業都會受到影響，而首當其衝的就是銀行金融業。

2. 很多時候，當球隊比賽失利後，有些球迷就會對球隊發泄不滿，首當其衝的對象就會是教練，他們甚至會怒氣沖沖地向教練大吼，朝他扔瓶子。

蓬頭垢面 ✓　　篷頭垢面 ✗

釋義：形容頭髮很亂，臉上很髒。

辨析：「蓬」的篆文＝艸(植物，藤蔓）＋(夆，即「逢」，相遇），本義是比喻茂密叢生、阻道礙行的草莽。引申指雜亂的，如：「蓬頭垢面」。

「篷」從「竹」，指用竹、草、帆布製成的遮擋陽光或風雨的用具，沒有「雜亂」之意，故不能寫成「篷頭垢面」。

例句：1. 如果面試官見到應聘者蓬頭垢面，怎麼可能會有好印象呢？

2. 媽媽給弟弟買了一個帳篷，他要馬上搭起來，還要在裏面睡覺。

文過飾非 ✓　　聞過飾非 ✗

釋義：用虛假、漂亮的言辭掩蓋自身的錯誤和缺點。

辨析：「過」和「非」表示過錯、錯誤，「文」與「飾」意義相近，指掩飾、修飾。因為「文」的本義是交錯的花紋，可以用以修飾、遮掩之用。

「聞」指聽，如：「聞過則喜」，表示聽到別人說出自己的過錯感到高興，形容人虛心接受意見。這裏的「聞」就不是掩飾的意思。

例句：1. 媽媽只希望你能真正認識到自己的錯誤，而不是要你文過飾非。

2. 諺語有云：「君子聞過則喜，小人聞過則怒。」聽到別人指責你所犯的錯誤，你的態度就表明了你是甚麼樣的人。

以逸待勞 ✓　　以逸代勞 ✗

釋義：作戰時先採取守勢或暫時退避，養精蓄銳，等敵方疲勞後再乘機出擊取勝。

辨析：「待」是等待、對待的意思。在「以逸待勞」中，指的是以輕鬆安閒的心態，等待敵人疲勞了再進行後面的行動，而不是以安逸來代替勞作，所以不能寫成「以逸代勞」。

例句：1. 蜘蛛很聰明，牠先織好一張網，然後便以逸待勞地守在一旁，等待獵物自動送上門來。

2. 罪魁禍首根本不是他，他不過是代人受過而已。

精兵簡政 ✓　　精兵減政 ✗

釋義：精簡人員，縮減機構。也比喻精簡不必要的東西。

辨析：在「精兵簡政」中，「精」指經過提煉或挑選的；精華。「簡」指使簡單，簡化。

「精兵簡政」強調的是「使機構簡化，人員精簡」。若寫成「精兵減政」，只能表達出「減少機構」，表達不出「使機構簡化」的意思。

例句：1. 政府機關提倡精兵簡政，不但可以提高辦事效率，還能更好地清除腐敗現象。

2. 企業要想做大做強，必須學會「精兵簡政」。

融會貫通 ✓　　融匯貫通 ✗

釋義：融合貫穿各方面的知識道理，以達到全面系統的理解。

辨析：「融會」指融合、領會。「會」有「懂得、理解」的意思，如：「心領神會」、「體會」、「融會貫通」。「匯」沒有「懂得、理解」這一層含意，所以不能寫成「融匯貫通」。

例句：1. 光靠死記硬背是學不好語文的，我們還要學會融會貫通。

2. 他利用午休時間整理好了會議記錄，下午一上班便向上司匯報情況。

圈一圈

一　圈出正確的答案，組成詞語。

1. 融（會　匯　繪）貫通

2. （聞　文　蚊）過飾非

3. 精兵（減　簡　緘）政

4. 以逸（代　待　戴）勞

5. （篷　逢　蓬）頭垢面

6. 首當其（充　沖　衝）

7. 更新換（代　待　戴）

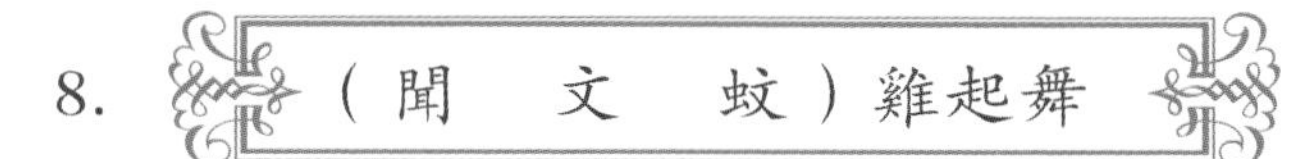
8. （聞　文　蚊）雞起舞

填一填

二　你知道這些「世界之最」是說的哪些詞語嗎？在括號內填上正確的答案。

1. 最容易受到衝擊的位置 →（　　　　　）
2. 最邋遢的裝扮 →（　　　　　）
3. 最懂得節省體力的方法 →（　　　　　）
4. 最聰明的學習方法 →（　　　　　）
5. 最虛假的掩飾方法 →（　　　　　）

金榜題名 ✓　　金榜提名 ✗

釋義：指科舉得中。

辨析：「金榜」指科舉時代殿試錄取公佈的榜。「題名」指寫上名字。「題」在這裏作動詞，指寫上，簽上，如：「題字」。

「提名」是指在選舉活動中，推選候選人。「提」沒有「寫上，簽上」的意思，所以不能説「金榜提名」。

例句：

1. 在古代，人們想要改變命運，參加科舉考試是唯一的出路。一旦金榜題名，便猶如鯉魚躍上龍門。
2. 他已經多次被提名諾貝爾獎候選人，遺憾的是一直沒有獲獎。

聲名鵲起 ✓　　聲名雀起 ✗

釋義：形容名聲突然大振，知名度迅速提高。

辨析：「雀」指麻雀。麻雀腿短，翅膀也短，飛不高也飛不遠。麻雀還膽小，成語「雀目鼠步」就是用麻雀和老鼠來比喻惶恐的神態。

「鵲」指喜鵲。民間傳説聽見喜鵲叫將有喜事來臨，所以叫喜鵲。喜鵲敏捷、善飛，飛行速度極快，因此用牠來形容名聲迅速提升。若誤為「雀起」，豈不是將讚揚變成了嘲諷？

例句：

1. 她在醫學領域默默工作數十年，快八十歲終於聲名鵲起，成為家喻户曉的人物。
2. 偌大的會場鴉雀無聲，所有人都凝神屏氣，等待主持人公佈獲獎名單。

甘之若飴 ✓　　甘之若怡 ✗

釋義：感到像糖一樣甜，表示甘願承受艱難、痛苦。

辨析：「飴」的金文 = (食，吃) + (雙手托舉)，本義指美食做好後，贈送他人品嘗，或敬獻祭祀。現在引申指糖糕、甜餅，或美味的食物。

「怡」從「心」，指喜悦而寧靜的，如：「怡然自得」、「心曠神怡」。

例句：

1. 日復一日的訓練在我們看來是枯燥乏味的，他卻甘之若飴。
2. 教師的工作辛苦又勞累，許多老師卻都甘之如飴，因為他們從孩子的臉上看到了希望。

抑揚頓挫 ✓　　抑揚頓錯 ✗

釋義：形容聲音高低起伏，曲折動聽。

辨析：「挫」本義指折斷、摧折，引申指抑制、轉折。在「抑揚頓挫」中，「抑揚」指聲音升高、降低；「頓」指停頓；「挫」指轉折。聲音有高低起伏、停頓轉折，而不是指聲音錯誤，或聲音交錯，所以不能寫作「抑揚頓錯」。

例句：1. 他的演講滿懷激情，聲音抑揚頓挫，觀眾都聽得津津有味。

2. 這一帶的房子都各具風格，錯落有致，大多掩映在花木叢中，煞是好看。

竭澤而漁 ✓　　竭澤而魚 ✗

釋義：排盡湖中或池中的水捉魚。比喻取之不留餘地，只顧眼前利益，不顧長遠利益。

辨析：「漁」的甲骨文是，表示將河中之魚變成了岸上之魚，即捕魚。引申指用不正當的手段獲取，如：「漁利」。在「竭澤而漁」中，「漁」就是動詞「捕魚」的意思。

「魚」的甲骨文是，只能作名詞，指一種水中脊椎動物。

例句：1. 為了發展城市而毀壞森林、填海造田，這都無異於竭澤而漁。

2. 這片海域每年都有幾個月的「休漁期」，就是為了避免「竭澤而漁」。

旁徵博引 ✓　　旁征博引 ✗

釋義：為了論證充分而廣泛地引用材料。

辨析：「旁徵」指廣泛尋求，徵集；「博引」指廣泛引證。「徵」指召集或收用，如：「徵收」、「徵兵」。

「征」指軍隊遠征，如：「遠征」。也可指出兵討伐，如：「征討」。

例句：1. 哥哥的這篇文章條理清晰，旁徵博引，言簡意賅，得到了高分。

2. 將士兵穿着盔甲，排着整齊的隊伍，只等着皇帝一聲令下便可出征。

一　在空格中填上適當的字，完成四字詞語。

1. 挫　錯

□失良機　抑揚頓□　□綜複雜　□骨揚灰

2. 徵　證　征

南□北伐　死無對□　□據確鑿　能□善戰

旁□博引　御駕親□　鐵□如山　引古□今

3. 鵲　雀

鳩佔□巢　門可羅□　聲名□起　鴉□無聲

□兒腸肚　掩眼捕□　螳螂黃□　鴉飛□亂

改錯

二　圈出段落中的錯別字，在括號內改正。

不論時間過去多久，哥哥都很感溉中學最後一年懸樑剌骨的拼搏時光，最終換得金榜提名。對於出身寒門的他來說，當時那是他唯一的出路。即使他現在聲名雀起，他也時刻謹記自己出生貧寒，時刻提醒自己保持一顆淳僕、善良的心。

（　　）（　　）（　　）（　　）（　　）

入彀 ✓　入穀 ✗

釋義：上當，上圈套。

辨析：「彀」本義是用力把弓拉開，弓弩的有效射程就叫「彀中」。所謂「入彀」，即是進入了弓箭的射程範圍之內。引申比喻為「受人控制」或「上了別人的圈套」。

而「穀」則是指糧食作物的總稱，與弓箭無關。

例句：1. 他想以甘詞厚幣引人入彀，這一招頗能奏效，對方陣營已經有幾個叛將投奔到他的旗下了。

2. 很多人自小在城市出生、長大，從未到鄉間勞作過，五穀不分是一件十分平常的事情。

可見一斑 ✓　可見一班 ✗

釋義：本義指只看見事物的一部分，現用來比喻從觀察到的一小部分可以推測事物的全貌。

辨析：成語出自「管中窺豹，可見一斑」，意思是通過管子的小孔看豹子，只看見豹子身上的一塊斑紋。「一斑」指一塊斑紋，引申為事物的一小部分。與「一班」的意思大不相同。「一班」用作數量詞，表示一批、一列等義。

例句：1. 自從他的工廠倒閉後，連他的哥嫂也對他冷言冷語，人情冷暖可見一斑。

2. 志偉同一班朋友出國遊玩，大家興趣相投，玩得十分盡興。

游弋 ✓　游戈 ✗

釋義：在水面上游動。

辨析：「弋」舊時指用帶着繩子的箭射鳥。現常與「游」組詞，成「游弋」或「弋游」，指船隻或其他水上行駛的工具在水面上巡游。

「戈」是古代的一種兵器名，常與古代另一種兵器「干」（盾牌）組詞「干戈」，用作戰事的代稱，也作為戰具的通稱。

例句：1. 在這片被稱為「死海」的海水裏，人竟能自由游弋。

2. 清風徐來，湖波不興，小艇游弋，羣魚戲水。

3. 志林為人謙遜有禮，從來不會因為小事情和朋友大動干戈。

跋山涉水 ✓　　拔山涉水 ✗

釋義：翻山越嶺，趟水過河。形容走遠路的艱苦。

辨析：「跋」意思是翻越山嶺，如：「跋涉」、「跋山涉水」。「跋山涉水」中，「跋山」指翻過山嶺；「涉水」指用腳趟着水渡過大河。

「拔」則主要是指拉出或提升，如：「拔牙」、「選拔」、「提拔」。

例句：
1. 哥哥揹上背包，開始了他的徒步旅行，這一路跋山涉水，經歷的艱辛一定會不少。
2. 醫生費了好大的勁兒，才把病人的蛀牙拔了下來。

岌岌可危 ✓　　汲汲可危 ✗

釋義：形容非常危險，快要傾覆或滅亡。

辨析：「岌」從「山」，指山高的樣子。「岌岌」指山高陡峭，就要倒下來的樣子。形容十分危險，快要傾覆或滅亡，如：「岌岌可危」、「岌岌不可終日」。

「汲」從「水」，指從下往上打水。「汲」也可以疊用，「汲汲」形容努力追求，急切的樣子，如：「汲汲營營」（形容人急切求取名利）。

例句：
1. 大火瞬間便蔓延至整個樓層，情況岌岌可危，若消防隊員不能及時趕到，後果不堪設想。
2. 哥哥剛從大學畢業，正汲汲於自己的目標，充滿了幹勁與活力。
3. 連日來的暴雨導致山體滑坡，隨時有山洪暴發的危險，那幾名失蹤的登山者的情況變得岌岌可危。

圈出四字詞語中的錯別字，在方格內訂正，並從中選出正確的答案填在橫線上。

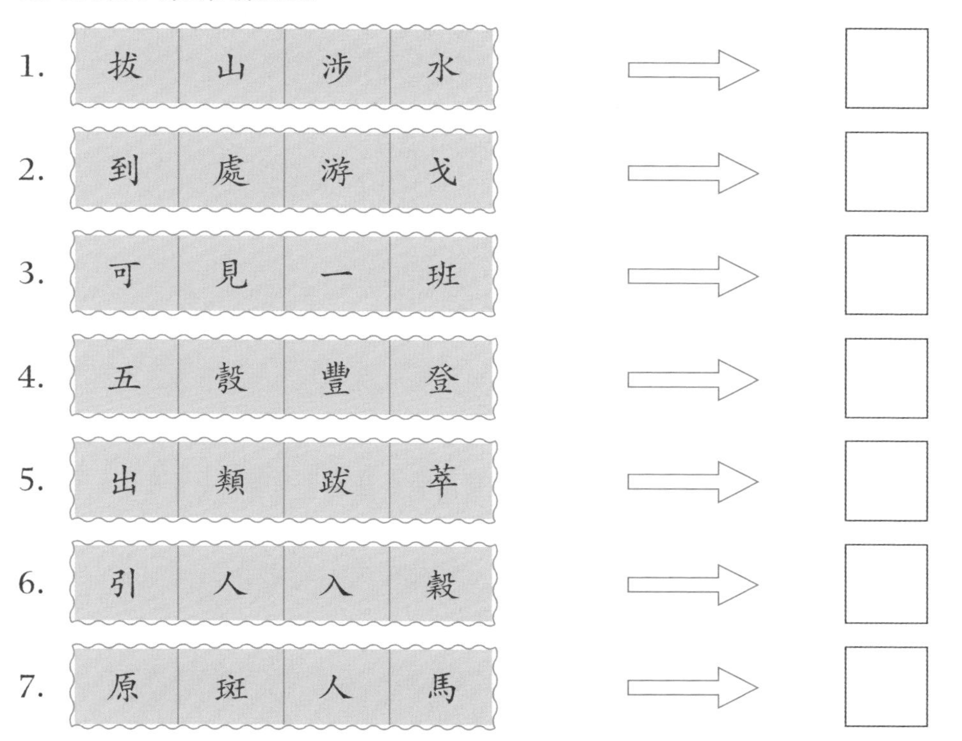

1. 拔 山 涉 水
2. 到 處 游 戈
3. 可 見 一 班
4. 五 穀 豐 登
5. 出 類 跋 萃
6. 引 人 入 穀
7. 原 斑 人 馬

8. 這支球隊裏有八名隊員是前國家隊或現役國家隊隊員，個個 ______________，其實力 ______________。

9. 這種魚兒生性好動，______________ 覓食，有逆水而上的習性。

10. 他們一路 ______________，來到珠穆朗瑪峯腳下，準備攀爬這座世界第一高峯。

11. 人們燃起火堆，圍坐在一起誦經祈禱，期望來年能夠風調雨順，______________。

12. 由於這一部電影叫座又叫好，投資方馬上召集 ______________，準備開拍續集。

輕佻 ✓　　輕挑 ✗

釋義：形容言行舉止不莊重、不嚴肅。

辨析：「佻」的意思是輕薄、輕浮、不莊重。由它構成的詞一般都是形容詞，含貶義，如：「輕佻」、「佻浮」。

「挑」多作動詞，如：「挑剔」、「挑逗」、「挑撥」等。

例句：1. 看她那副輕佻的模樣，真替她難為情。

2. 我素來不喜歡櫻花，認為她太輕佻；我更喜歡桃花，雖然樸實，但卻能在絢爛之後留下甘甜的果實。

3. 這家公司的人力資源經理非常挑剔，如果是行為輕佻之人肯定不能入他的法眼。

蔑視 ✓　　篾視 ✗

釋義：輕視，小看。

辨析：「蔑」原是形容目不明。在與人交往中，不把對方看在眼裏，就像是「目不明」，如：「輕蔑」、「侮蔑」。

「篾」從「竹」，所構成的詞全部都與竹片有關，如：「篾片」、「篾蓆」等。

例句：1. 她把母親的話當成耳邊風，臉上露出蔑視的神情。

2. 即使他只是一個賣篾蓆的人，你也沒有權利蔑視他。

箇中 ✓　　個中 ✗

釋義：其中（常用於書面語言）。

辨析：「箇」特指「這個」或「那個」，如：「箇中」即「此中」，「箇裏」即「這裏面」，「箇中人」即「此中人」。

「個」是量詞。

例句：1. 這樣一條重要新聞，竟然被壓了三個月之久，昨日才由本港一份報紙獨家披露，箇中有些甚麼乾坤，令人煞費思量。

2. 當藝員被認為是一份令人羨慕的職業，但是箇中的辛苦外人卻很少知道。

不落窠臼 ✓　　不落巢臼 ✗

釋義：指文章、藝術作品等不落俗套，有獨創風格。

辨析：「窠」和「巢」都是禽獸的棲息之所，相當於「窩」的意思。但築在地上的窩叫「窠」，築在樹上的窩叫「巢」。

「臼」是舂米的器具，古人掘地為臼。古人拿「窠」和「臼」來比喻現成的模式，老套路，可能是因為「窠」和「臼」都在地面上，有具體的、牢固的模式。而「巢」築在樹上，模式比較簡陋，且易被風雨刮落、吹爛，用以比較牢固的模式自然不太恰當。

例句：1. 這座新建園林的設計風格真是獨具匠心，不落窠臼。

2. 將軍料定敵人一定會傾巢出動，後方空虛，制定了突襲敵方後營的作戰計劃。

毆打 ✓　　歐打 ✗

釋義：打人。一般指打得很兇、很重。

辨析：「毆」從「殳」，(「殳」是古代的一種杖具，作兵器，也可以作為打人的棍棒)，因此與打、擊、捶有關，如：「鬥毆」、「毆打」。

「歐」在現代漢語中只作譯音字用，如：「歐洲」、「歐式」等。

例句：1. 那個男人殘忍毆打小狗的視頻被傳到網上後，引起網民的一致討伐。

2. 在這次歐洲杯決賽的現場，發生了幾個憤怒的球迷毆打球員的事件。

戲謔 ✓　　戲虐 ✗

釋義：開玩笑。

辨析：「謔」的本義是開玩笑。「戲」和「謔」詞義相近。

「虐」的本義是殘害，如：「暴虐」、「虐待」。「虐」與「開玩笑」拉不上關係，除了「謔而不虐」，這個成語的意思是：開玩笑而不使人難堪。

例句：1. 看到弟弟滿臉的奶油，我和媽媽戲謔地稱他為「小花貓」。

2. 愛開玩笑的人要記住，不要讓你的玩笑對人造成傷害，這就是古人所說的「謔而不虐」。

部首加法算式

一　在括號內填上適當的偏旁，並組詞。

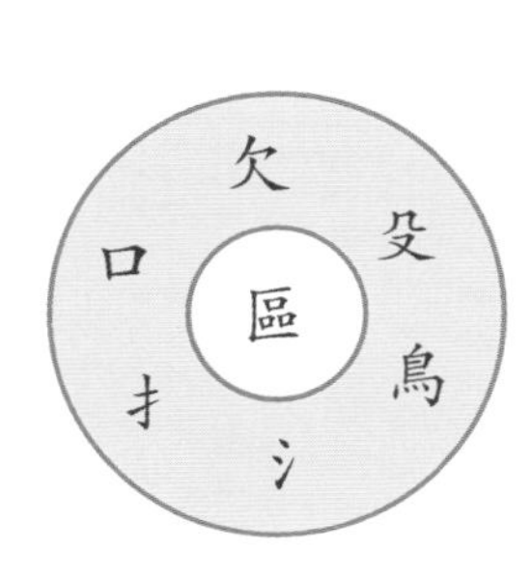

例：（口）＋（區）＝（嘔）（嘔吐）

1.（　　）＋（　　）＝（　　）（　　　）

2.（　　）＋（　　）＝（　　）（　　　）

3.（　　）＋（　　）＝（　　）（　　　）

4.（　　）＋（　　）＝（　　）（　　　）

5.（　　）＋（　　）＝（　　）（　　　）

辨一辨

二　在正確詞語前的方格內加✓。

1. 作為餐廳的服務員，有時候也會遭顧客的白眼，甚至會遇到一些舉止（□輕挑　□輕佻）的顧客，但是他們卻沒辦法（□挑選　□佻選）顧客。

2. 如果你總是和別人一起（□戲虐　□戲謔）同一個人，這不就等同於精神（□虐待　□謔待）了嗎？

3. 這座城市已經變成了連接南北方的交通（□樞紐　□樞鈕），也是南北方文化交流的重要（□鈕帶　□紐帶）。

4. 遇到困難，我們應該（□蔑視　□篾視）它，而不是害怕它，這樣才能戰勝它。

一席話 ✓　　一蓆話 ✗

釋義：一次談話。

辨析：「席」是古人用草或葦葉編織的坐墊，以避地面的濕氣。因古人飲食、宴會都在席上，所以像「酒席」、「筵席」、「入席」等，都以「席」組成。

古人若要進行較長時間的交談，自然也是要坐在席上，所以「席」也可以活用作為談話的量詞：「一席話」。

「蓆」指作為睡具的席，如：「草蓆」、「涼蓆」等。但一些已用作引申義的「席」卻不可以寫為「蓆」，如：「席位」、「缺席」等。

例句：1. 聽君一席話，勝讀十年書。

2. 出席這次聯合國大會的有各個國家的主要領導人。

3. 老師和同學們一起坐在鄉下人家的草蓆上，老農的一席話令大家很有啟發。

不至於 ✓　　不致於 ✗

釋義：不達到某種程度。

辨析：「至」有到、達到的意思。

「致」也有使達到的意思。「不致」也是一個詞語，意思是「不會引起某種後果」。「不致」不能寫為「不致於」。

例句：1. 他受的傷很重，但還不至於有生命的危險。

2. 如果你好好遵守交通規則，就不致發生撞車意外了。

瑰麗 ✓　　魁麗 ✗

釋義：形容異常美麗。

辨析：「魁」指為首的，居第一位的，如：「魁首」（舊時稱在同輩中才華居首位的人）。也用來形容人身材高大，如：「魁梧」。

「瑰」指一種像玉的石頭，引申指珍奇的，如：「瑰麗」、「瑰異」。在「瑰麗」中，側重的是十分珍奇，故不能寫作「魁」。

例句：1. 夕陽給蒼茫遼闊的草原染上了一片瑰麗濃豔的金黃色。

2. 沒想到，引發這場爆炸案的罪魁禍首居然是老鼠！

金縷衣 ✓　　金鏤衣 ✗

釋義：用金線縫製或裝飾的衣服，現泛指華美的衣服。

辨析：「縷」從「糸」，線也。「金縷」即是金線。

「鏤」從「金」，雕刻的意思。《荀子．勸學》中有句名言：「鍥而不捨，金石可鏤」，意思是說：堅持不懈地刻下去，就是金屬、石頭也可以雕空。

「金縷衣」不是用金屬雕刻而成，所以不能寫成「金鏤衣」。

例句：1. 在這一次古文物展覽會上，有一件「金縷衣」最吸引觀眾的注意，那是用金線把玉片縫綴而成的衣服，是不久前才出土的。

2. 學習就像是逆流而上，需要堅持不懈的努力和毅力。只有用「鍥而不捨，金石可鏤」的精神，才能登上學習的高峯。

粗獷 ✓　　粗曠 ✗

釋義：粗野狂放。

辨析：「獷」從「犬」，本義是指犬兇猛得不可靠近，引申指粗野豪放。

「曠」從「日」，本義是指太陽的光明。太陽普照大地，能把光明播撒到大地的每一個角落，故而「曠」引申指遼闊、廣大，進一步引申為空而寬闊，如：「曠野」。而在「心曠神怡」、「曠達」等詞中，又引申為心境開闊的意思。

例句：1. 那個牧羊人留着滿臉的鬍子，樣子看來很粗獷。

2. 宋代文學家辛棄疾的詞風格多變，有時粗獷雄渾，有時又細膩雋永。

成績斐然 ✓　　成績蜚然 ✗

釋義：成績顯著。

辨析：「斐」從「文」，本義是五色相錯的樣子。「斐然」引申比喻文辭多彩或人有才華，如：「斐然成章」、「才華斐然」；也比喻名聲、成績顯著，如：「聲譽斐然」、「成績斐然」。

「蜚」從「虫」，本義指一種有害的小飛蟲，後來引申指飛，傳播。一種指沒有根據、不實的傳播，如：「流言蜚語」（製造不實的傳言，用來詆毀他人）。一種指好的名聲傳播，如：「蜚聲中外」。

例句：1. 他就任經理以來，成績斐然，表現出非凡的管理才能。

2. 謠言止於智者，你又何必為了這些流言蜚語而自尋煩惱呢？

部首加法算式

一　在括號內填上適當的字和偏旁，並組詞。

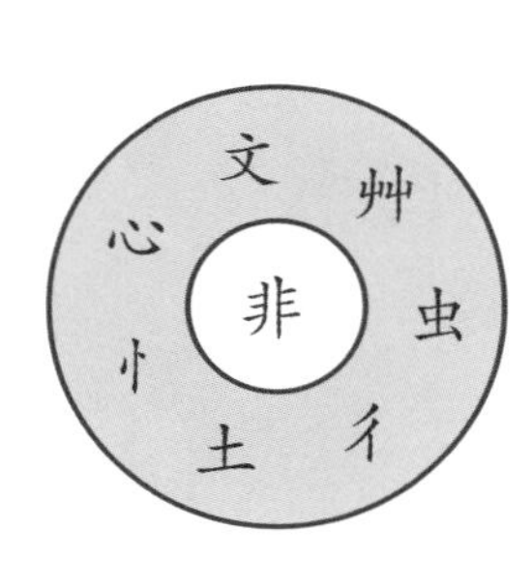

例：（ 文 ）＋（ 非 ）＝（ 斐 ）（ 斐然 ）

1.（　　）＋（　　）＝（　　）（　　　　）

2.（　　）＋（　　）＝（　　）（　　　　）

3.（　　）＋（　　）＝（　　）（　　　　）

4.（　　）＋（　　）＝（　　）（　　　　）

5.（　　）＋（　　）＝（　　）（　　　　）

辨一辨

二　在正確詞語前面的方格內加 ✓。

1. 聽了老教授的（☐ 一蓆話　☐ 一席話），大家都覺得（☐ 受益非淺　☐ 受益菲淺）。

2. 父親就是一棵參天大樹，為我們（☐ 支撐　☐ 支掌）起一片天空；父親就是一盞明燈，為我們照亮前方的路，讓我們（☐ 不至於　☐ 不致於）迷失方向。

3. 媽媽，既然子文並不喜歡音樂，我們為甚麼還要強迫他去練鋼琴呢？這樣反而會（☐ 適得其返　☐ 適得其反），我們不如（☐ 順期自然　☐ 順其自然），讓他做些他感興趣的事情。

叨陪末座 ✓　　叼陪末座 ✗

釋義：陪侍在最卑的座位上（謙辭）。

辨析：「叨」意思是受到（好處），在客套話中常常用到。比如領受到人家的教訓，就說「叨教」；去打擾人家，得到人家的款待，就說「叨擾」；沾了人家的光，就說「叨光」。「叨陪末座」即是說承受了別人的好意，得以陪待在最卑的座位上（自謙身分不夠）。

「叼」意思是用嘴銜着（物體一部分），如：「叼着香煙」。

例句：1. 在日前的座談會上，政文也得以叨陪末座，有幸聆聽過多位講者的高論。

2. 這裏有這麼多的長輩在，你叼着一根香煙靠在沙發上，成何體統？

作繭自縛 ✓　　作繭自博 ✗

釋義：蠶吐絲作繭，把自己包在裏面。比喻做了某事，結果反而使自己受困。

辨析：「縛」從「糸」，指綑綁，如：「束縛」、「手無縛雞之力」。「作繭自縛」指的就是把自己綑綁在蠶繭裏面。

「博」從「十」，表示多、豐富，如：「淵博」、「地大物博」。也指通曉各種事情，如：「博古通今」。

例句：1. 這些話可能只是別人不經意說的，你卻在這裏不停地糾結他到底是甚麼意思，這不是作繭自縛、自尋煩惱嗎？

2. 他這樣做的目的，不過是為了博取別人的同情罷了。

不修邊幅 ✓　　不修邊副 ✗

釋義：形容不注意衣着、容貌的整潔。

辨析：「邊幅」指布帛的邊緣，比喻人的衣着、儀表。「幅」從「巾」，表示與布帛有關，過去多用來指布帛的寬度，後泛指寬度，如：「幅員遼闊」。以及計算布帛、圖畫等數量的單位，如：「一幅畫」。

「副」表示居於第二位的，輔助的，不能用來形容人的衣着、儀表。

例句：
1. 你別看他整天不修邊幅，但是對待工作還是一絲不苟的。
2. 今天晚上的晚宴很正式，你可不能不修邊幅就跑去，要打扮得很帥氣。
3. 今年晚上這裏會舉行煙火表演，警員都全副武裝地在附近巡邏。

爭妍鬥豔 ✓　　爭姘鬥豔 ✗

釋義：形容百花盛開，競相逞美。

辨析：「妍」的意思是豔美，如：「百花爭妍」、「妍美」。香港有一個港姐組織名為「慧妍會」，就寓有智慧與美貌兼有的意思在內。

「姘」指男女非夫妻關係而同居，如：「姘居」。

例句：
1. 每年春天，杜鵑花爭妍鬥豔地在庭園、郊野裏開放着。
2. 若蘭沿着柵欄走了一會兒，滿目儘是爭妍鬥豔的菊花。
3. 這個有夫之婦近日帶着她的姘頭，在公開場合出雙入對，不再像以前那樣遮遮掩掩了。

赳赳武夫 ✓　　糾糾武夫 ✗

釋義：雄壯勇武的軍人。

辨析：「赳」從「走」，本義指威武雄壯的樣子。在現代漢語裏，「赳」多以疊詞形式出現，如：「雄赳赳」、「赳赳武夫」。

「糾」本義指三股的繩索，引申為纏繞的意思，如：「糾纏」、「糾紛」。也可以指結集的意思，如：「糾集」等。

例句：
1. 叔叔看起來很斯文，絲毫沒有赳赳武夫的樣子。
2. 蟋蟀不甘示弱，拼死也要和螳螂糾纏在一起，廝打起來。

填一填

一　根據提示，將下面的成語補充完整。

1.			鬥		（百花盛開，競相爭豔）
2.				座	（陪侍在最卑的座位上）
3.		火			（毫無顧忌地幹壞事）
4.	作				（自己使自己受困）
5.				夫	（雄壯勇武的軍人）
6.				淵	（十分不利的處境）

辨一辨

二　選出正確的答案，填在句子中的橫線上。

1. 翠鳥蹬開葦稈，像箭一樣飛過去＿＿＿＿＿（叨　叼）起小魚，貼着水面往遠處飛走了。

2. 如果見到飛進網裏的是飛蟲，蜘蛛會急忙跑去，放出絲來，用腳扯着絲去＿＿＿＿＿（縛　搏），直到那犧牲者掙扎不動為止。

3. 這隻大公雞每天雄＿＿＿＿＿（赳赳　糾糾）、氣昂昂地在雞羣中走來走去，好像國王在視察他的臣民們。

4. 杜鵑鳥有一個很大的缺點，就是牠自己不會築巢，只會依＿＿＿＿＿（丈　仗）自己身體強壯力氣大，硬把鳥蛋下在別人的鳥巢裏。

風塵僕僕 ✓　　風塵撲撲 ✗

釋義：形容旅途勞累。

辨析：「僕」是名詞，指奴僕、僕人。「撲」是動詞，指衝呀打呀之類的動作，如：「猛撲過去」、「撲滅」。

「僕僕」疊用，是形容勞頓的樣子。「僕僕」跟「僕」的本義完全沒有聯繫，這是造成誤寫的原因之一。粵語裏有「頻頻撲撲」這個詞，意思與「風塵僕僕」相近，這也是造成誤寫的原因之一。

例句：1. 電影剛剛殺青，導演顧不上休息，又風塵僕僕地趕到北京去拍外景了。

2. 這一網魚剛剛被打撈上岸，還在地面上撲撲地跳動着。

3. 經過風塵僕僕的跋涉之後，看到清澈的湖水真讓人感到心曠神怡。

針砭時弊 ✓　　針貶時弊 ✗

釋義：針對當前的不良現象進行批評。

辨析：「砭」指石針。古人以金屬針和石針（砭）刺人的經絡來治病，所以「針砭」引申為批評、規勸，如：「針砭時弊」。

此外，「砭」還可用作動詞，表示刺的意思，如：「寒風砭骨」。

「貶」是「貝」+「乏」，表示錢財缺乏、減少，引申為降低、減低，如：「貶低」、「貨幣貶值」。

例句：1. 這位雜文作家常以犀利、辛辣的文筆針砭時弊。

2. 貶低別人，抬高自己，是非常不明智的表現。

不卑不亢 ✓　　不卑不吭 ✗

釋義：形容待人處事的態度得體，不自卑，不傲慢，恰到好處。

辨析：「亢」本義指人的脖子，後引申為高或過度，如：「高亢」（聲調或情緒高昂、激動）。「吭」從「口」，指發出聲音。

例句：1. 在談判會議上，他不卑不亢地表達了公司的觀點。

2. 家偉一聲不吭地坐在那裏，誰也不知道他在想些甚麼。

流光溢彩 ✓　　流光縊彩 ✗

釋義：流光：流動的光影。溢彩：滿溢的色彩，形容色彩明麗。指流動的光影，滿溢的色彩。形容光芒耀眼，色彩明亮。

辨析：「溢」從「水」，指液體滿了流出來，如：「溢出」、「河水四溢」。也可以指過頭、過分，如：「溢美之詞」。「流光溢彩」中，「溢」即是用的引申義，形容色彩多得滿了出來。

「縊」的篆文 縊 = 糸（糸，吊）+ 益（益，吉利），指古人對帝王上吊自盡的敬稱。現用來泛指用繩子勒頸自殺，如：「自縊」。

例句：

1. 新年快到了，維港兩岸的摩天大樓掛滿了燈飾，處處流光溢彩，充滿了節日的氣氛。
2. 自電影播映之後，溢美之詞、讚譽之聲不絕於耳，令這位影壇新人禁不住有些飄飄然了。
3. 一顆造型特異的煙花在天空中綻放，天空頓時變得流光溢彩，火星旋即便消失了。

貪官污吏 ✓　　貪官污史 ✗

釋義：貪贓枉法的官吏。

辨析：「吏」指小官員，如：「官吏」。「貪官」和「污吏」都是指貪污受賄的官吏。

「史」指記載歷史事蹟的書，如：「歷史」、「古代史」。

例句：

1. 在戰火紛飛的年代，老百姓本來就民不聊生，卻還要受貪官污吏的層層盤剝。
2. 在清朝歷史上，雍正皇帝制定了一系列的措施來打擊貪官污吏，保證了朝堂的清廉。

一　根據圓圈內偏旁的提示，在下面的空格內填上適當的字。

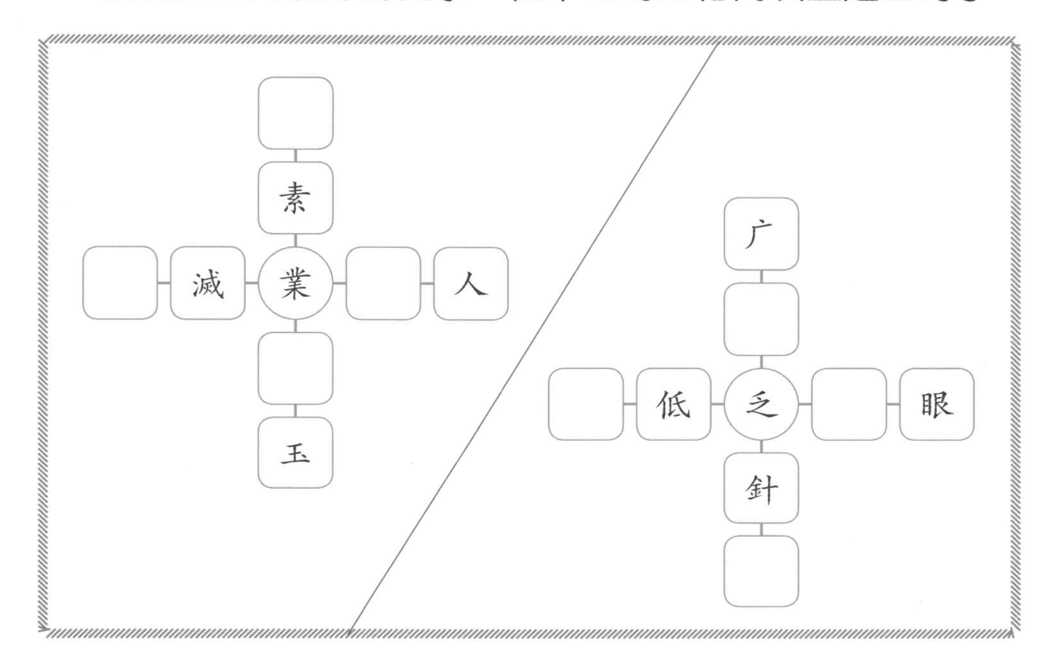

二　圈出句子中的錯別字，並在括號內改正。

1. 那些貪官污史想方設法搜刮了大量的民脂民盲，養肥了自己，害慘了百姓。　(　　)　(　　)

2. 打開窗户，森林特有的氣味迎面僕來，我們將在這裏度過幾日反撲歸真的生活。　(　　)　(　　)

3. 他剛風塵樸樸地從國外出差回來，緊接着又馬不停啼地趕去醫院照顧家人。　(　　)　(　　)

4. 隨着人民幣的不斷砭值，股票市場也呈現出了動盪不安的局面。　(　　)　(　　)

5. 叔叔在旅行途中遇到甚為投沿的伙伴，他們一路上談古論今，針貶時弊，絲毫不覺得旅途寂寞。　(　　)　(　　)

卸裝 ✓　　御裝 ✗

釋義：演員除去化裝時的穿戴和臉上塗抹的東西。

辨析：「卸」的意思是除去或解除，如：「卸任」、「卸貨」。

「御」的意思則是駕駛，如：駕御、御車。「御」也可以指與皇帝有關的東西，如：「御賜」、「御駕親征」（皇帝親自帶領軍隊出征）。

例句：1. 京劇演員們卸裝都要花費好長的時間，更別說是上妝了。

2. 為了提振士氣，鼓舞軍心，皇帝決定御駕親征，驅逐敵人。

3. 舞台劇的表演結束了，可是這些小演員們還是捨不得卸裝，他們都忙着和同台的演員，或和爸爸媽媽合影留念呢。

白璧微玷 ✓　　白璧微沾 ✗

釋義：潔白的玉上有些小污點，比喻美中不足。也作「白璧微瑕」。

辨析：「玷」本指白玉上的疵點、污跡，如：「白圭之玷」（潔白玉器上的污點，比喻美中不足）。也可作動詞用，表示把東西弄髒，或比喻敗壞他人的人格、名譽或貞節，如：「玷污」。

「沾」的意思是因接觸而被東西附着，如：「沾染」。又比喻因發生關係而得到好處，如：「沾光」、「沾親帶故」（沾着一點兒親戚朋友的關係）。

例句：1. 這篇文章的構思巧妙，行文流暢，文字也優美，但白璧微玷，個別語句還欠推敲。

2. 我不得已向他求助，他卻說：「我和你又不沾親帶故，為甚麼要幫助你呢？」

剔除 ✓　　惕除 ✗

釋義：把不合適的去掉。

辨析：「剔」從「刀」，本義指把肉從骨頭上刮下來，如：「剔肉」。後來泛指把不好的東西挑出來，如：「剔除」、「挑剔」（比喻要求太過苛刻）。

「惕」從「心」，表示與心理活動有關。本義指害怕，放心不下，後來泛指小心謹慎，隨時警覺，如：「警惕」。

例句：1. 一位女傭正在清洗油煙機，她正拿着小刷子仔細地剔除着卡在細縫中的油污。

2. 上一次的顧客投訴事件引起了大家的警惕，工廠加大了質檢的力度，所有的產品在出廠之前都必須經過嚴格質檢，剔除有缺陷的產品。

神采奕奕 ✓　　神采弈弈 ✗

釋義：形容精神飽滿的樣子。

辨析：「弈」指下棋，如：「弈棋」、「對弈」（兩人在下棋）。

「奕」本義指大，後來引申為光明、閃動的樣子，如：「神采奕奕」。

例句：1. 雖然坐了很長時間的飛機，但是抵達加拿大的時候，祖父還是神采奕奕。

2. 這種大規模的併購活動，也是兩家大公司之間的博弈。

驚悚 ✓　　驚竦 ✗

釋義：高高地直立。

辨析：「竦」從「立」從「束」，表示受約束地站着。後來引申為嚴肅，如：「竦然」（肅然起敬的樣子）、「竦立」（恭敬地站着）。

「悚」從「心」，意思是害怕、恐懼，如：「驚悚」、「毛骨悚然」（形容極度恐懼的樣子）。

例句：1. 湖中竦立着一座奇形怪狀的大石，吸引了所有人的注意。

2. 這部影片過於驚悚，我建議你還是不要看了吧。

詞語對對碰

一　在下面橫線上填上「玷」或「沾」，並找出詞語的反義詞，用線連起來。

______花惹草	光宗耀祖
白璧微______	開懷暢飲
______親帶故	潔身自好
______辱門庭	非親非故
滴酒不______	完美無缺

填一填

二　選擇正確的文字填在橫線上，使成語變得完整。

悚　辣　竦

1. 毛骨______然

弈　奕　孿

2. 神采______ ______

沾　黏　玷

3. 白圭之______

卸　御　印

4. ______駕親征

剔　惕　踢

5. 無可挑______

壁　譬　璧

6. 珠聯______合

鬼鬼祟祟 ✓　　鬼鬼崇崇 ✗

釋義：形容行動詭秘、偷偷摸摸的樣子。

辨析：「祟」從「示」，表示與鬼神有關。「出」+「示」表示鬼魅出來作怪，製造災禍。後來借指不正當的行為，如：「鬼鬼祟祟」、「作祟」（暗中搗鬼）。

「崇」從「山」，指山高而大，如：「崇高」、「崇山峻嶺」（高大陡峭的山嶺）。後來引申為尊敬、重視，如：「崇敬」、「崇尚」。與鬼神沒有關係。

例句：1. 這又不是甚麼見不得人的事情，你為甚麼這麼鬼鬼祟祟呢？不知道的人還以為你是要幹壞事呢！

2. 火車長吼一聲，一頭扎進了崇山峻嶺之中。

3. 弟弟一向崇拜蜘蛛俠，認為他無所不能，總幻想着自己有朝一日也能成為一名飛簷走壁的蜘蛛人。

無堅不摧 ✓　　無堅不催 ✗

釋義：沒有甚麼堅固的東西不能摧毀。形容威力之猛。

辨析：「催」從「人」，指促人趕緊，如：「催促」、「催帳」。

「摧」是折斷、破壞的意思，如：「摧殘」、「摧毀」、「無堅不摧」。

例句：1. 這次的超強颱風從峽谷口長驅直入，一路無堅不摧，沿路各處無不在它的淫威之下滿目瘡痍。

2. 春風走過原野，催開了一朵朵剛從睡夢中醒來的花朵。

3. 通貨膨脹和國際投機者的惡意操作，使得這個發展中國家的經濟受到嚴重的摧殘。

不祥之兆 ✓　　不詳之兆 ✗

釋義：不吉祥的徵兆。

辨析：「祥」與「詳」極易混淆，需要結合詞意分析。「祥」從「示」，泛指一切吉利福善的事物，引申指善良平和，如：「吉祥如意」。

「詳」從「言」，表示仔細地盤察、審察，後引申為仔細、周密，如：「詳細」、「詳查」、「詳略」。「不祥之兆」指的是不吉利的徵兆，因此要寫作「祥」。

例句：1. 在中國古代，人們聽見烏鴉在自家門前鳴叫，便覺得是不祥之兆，準會有禍事要降臨了。

2. 失主向警方詳細地列出了家中被盜走的財物清單。

演繹 ✓　　演譯 ✗

釋義：原是邏輯學上的術語，是由普通原理來斷定特殊事實的方法。也可以借指通過歌唱、表演等藝術手段把作品的內涵表現出來。

辨析：「繹」從「糸」，本指抽絲，引申解釋為抽出或理清頭緒，如：「演繹」。「譯」從「言」，指翻譯。

例句：1. 從來沒有一位歌星像他一樣把這首歌演繹得這麼出色。

2. 二戰時期，各個參戰國家都想方設法破譯敵對國家的密碼，從中獲取情報。

3. 每個人的生命都是一場奇跡，都在演繹着平凡而又生動的故事。

謄正 ✓　　騰正 ✗

釋義：把原稿中不對的地方改過來，重新抄寫。

辨析：「謄」是形聲字，從「言」，表示與語言文字有關，意思是照原稿重新抄寫，如：「謄抄」、「謄清」。

「騰」也是形聲字，從「馬」，意思與馬奔跑、跳躍有關，如：「奔騰」、「騰躍」。後泛指上升，如：「騰空」、「騰飛」。

例句：1. 只見火箭噴射着火苗，騰空而起，飛行一段時間後，消失在大氣層中。

2. 佳華很認真，只要是做錯的題、寫錯的字，都會認真地謄正在一個專門的本子上，並時時溫習。

一　在圓圈內填上適當的字，完成詞語。

1.

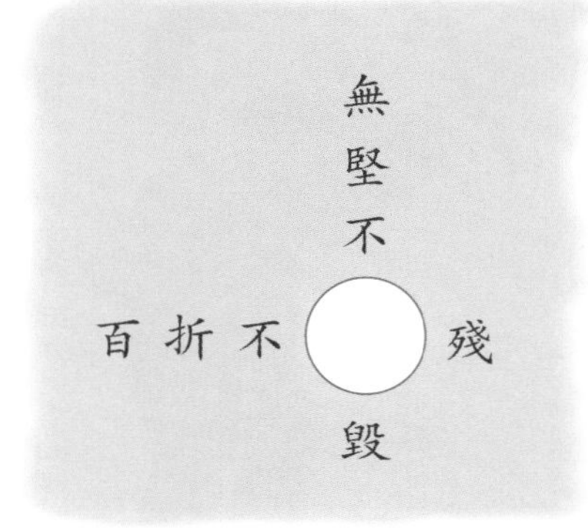

2.

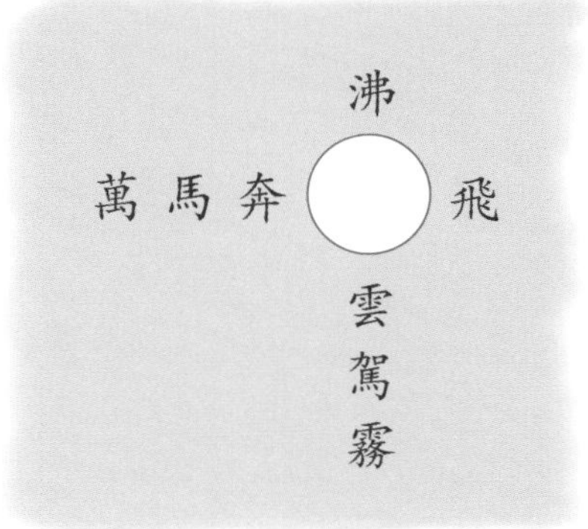

3.

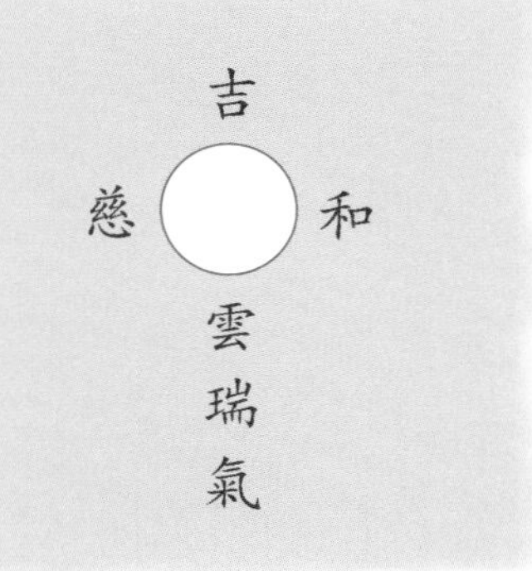

4.

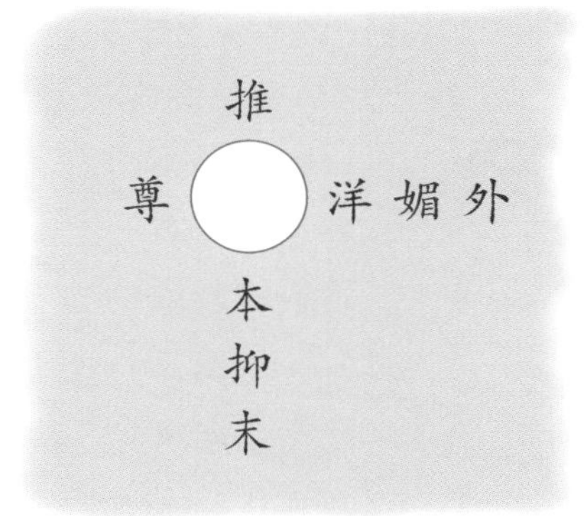

二　根據下面的字的提示，填上正確的字。

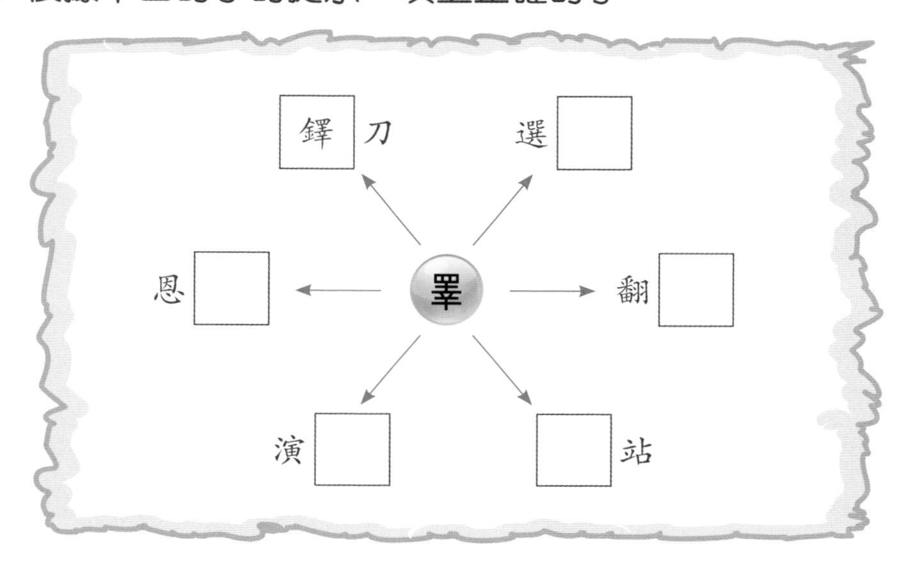

荊棘密佈 ✓　　荊辣密佈 ✗

釋義：比喻到處都是困難和艱險。

辨析：「棘」指多刺的草木。「荊棘」泛指山野叢生的帶刺小灌木，如：「荊棘載途」（沿路都是荊棘。形容環境困難，障礙極多）。

「辣」形容味道辛辣，如：「辣椒」。有很多同學分不清「棘手」和「辣手」，所以容易誤用。「辣手」指手段毒辣，激烈。「棘手」指事情不好辦，有如荊棘刺手一樣。

看了這幅圖，你就會明白甚麼叫「棘手」，為甚麼「棘手」會有「不好辦」的意思了。

例句：

1. 雖然尋求幸福的道路荊棘密佈，但是人們都具有一往無前的精神。
2. 由於這個案件牽連到一些社會上很有名望的人在內，所以警方也感到處理起來很棘手。
3. 這位偵探手段厲害，辦案迅速，人稱「辣手神探」。

貶值 ✓　　眨值 ✗

釋義：①一國貨幣與外幣的比價降低。②貨幣因通貨膨脹等原因引致購買力下降。③指價值降低。

辨析：「眨」從「目」，指眼睛很快地一開一閉，如：「眨眼」。

「貶」從「貝」，指降低或斥責，如：「貶低」、「貶職」等。

「貝」在今天看來不足為奇，但是在古時候卻是一寶，可以用作貨幣。所以，在漢字中，凡是由「貝」構成的字，都與錢財或貴重的意思有關。

例句：

1. 就是因為通貨膨脹，才使得人們手中的貨幣貶值了。
2. 現代科技日新月異，彷彿一眨眼的工夫，大家新買的電腦可能就貶值了。

縝密 ✓　　慎密 ✗

釋義：多指思想周密，細緻。

辨析：「縝」從「糸」，表示細緻，如：「縝密」。

「慎」從「心」，指謹慎，小心，如：「謹慎」、「慎重」。

例句：1. 他一向是一個心思縝密的人，這次怎麼會犯這麼低級的錯誤呢？

2. 警方經過幾個月縝密的偵查，終於掌握了這個犯罪團伙的線索，這次一定可以把他們一網打盡。

3. 因為案件牽涉到權貴人士，因此警方處理起來十分慎重。

天打雷劈 ✓　　天打雷辟 ✗

釋義：比喻不得好死。常用作罵人或賭咒的話。

辨析：「劈」指用刀斧等砍或由縱面破開，如：「劈木頭」、「劈風斬浪」。也可以指雷電毀壞或擊斃，「天打雷劈」中的「劈」即是這個意思。

「辟」的意思是開拓，也可以指駁斥或排除不正確的言論或謠言，如：「辟謠」、「辟邪」。

例句：1. 看到大家都把目光轉向他，他趕緊發誓：「珠寶真的不是我偷的！不然的話，我會遭天打雷劈的。」

2. 他的身上佩戴着可以辟邪的香囊，這是母親親手為他縫製的。

遮天蔽日 ✓　　遮天弊日 ✗

釋義：遮蔽天空和太陽。形容事物體積龐大、數量眾多或氣勢盛大。

辨析：「蔽」從「艸」，指遮蓋、擋住，如：「遮蔽」、「衣不蔽體」。

「弊」指欺詐矇騙、圖佔便宜的行為，如：「營私舞弊」。也指害處、毛病，如：「興利除弊」。

例句：1. 這裏水土流失嚴重，一旦遇到大風的天氣，黃沙遮天蔽日，人們在外面根本無法睜開眼睛。

2. 貪婪蒙蔽了他的雙眼，使他沒有發現其中顯而易見的圈套。

3. 廉政公署對公務人員這種營私舞弊的行為一定會嚴懲不殆的。

動腦筋

選出適當的字，填在方格內。

貶　眨　泛

1. 無論到了甚麼時候，知識都是不會☐值的。
2. 連續下了十多天的大雨了，很多地方洪水☐濫，不知道又有多少人受災嚴重。

慎　縝　鎮

3. 他從小愛看推理小說，難怪總有人誇他頭腦聰明、思維☐密。
4. 自從家裏被小偷光顧過一次後，他就變得無比謹☐，每天出門前一定要確認門窗都關好了。

弊　敝　蔽

5. 這些樹都有幾十年的樹齡了，一走進去就感覺遮天☐日的，很有些恐怖。
6. 這裏也曾是個繁華的小鎮，如今年輕人都外出打工，小鎮也變得日漸凋☐了。

辟　劈　臂

7. 他舉雙手發誓：「如果我這次說謊了，一定會遭天打雷☐的。」
8. 雖然政府出面☐謠，但市民們仍將信將疑。

遺臭萬年 ✓　　遺臭萬年 ✗

釋義：指壞人惡名流傳到後世，永遠被人唾罵。

辨析：「遺」指丟失、留下，如：「遺留」、「遺產」、「遺失」。「遺臭」表示留下壞名聲。

「遣」的本義指釋放，後引申為指派、送，打發，如：「派遣」、「調兵遣將」、「消遣」。

例句：1. 南宋時期，秦檜以「莫須有」的罪名殺害了一代忠臣岳飛，他最終也只落得遺臭萬年的下場。

2. 為了能夠儘快地完成這一浩大的工程，他們正緊鑼密鼓地調兵遣將，匯集各路人才。

如果你有機會去杭州西湖，看看岳飛墳旁邊跪着的秦檜鐵像，你就懂得甚麼叫做「遺臭萬年」了。

天花亂墜 ✓　　天花亂墮 ✗

釋義：形容言談虛妄，動聽而不切合實際。

辨析：「墜」和「墮」都有「掉下、落下」的意思，在現代漢語中，有的可以相通，如：「墮地」＝「墜地」，「墮馬」＝「墜馬」。有的習慣用「墮」，如：「如墮煙海」、「如墮五里雲中」（這兩個詞語都比喻迷惑不解的意思）。也有的習慣用「墜」，如：「天花亂墜」。

「墮」另有毀壞的意思，引申為逐漸變壞，如：「墮落」。

例句：1. 你別看他在會議上說得天花亂墜，其實沒有講多少實際的內容。

2. 他雖然說得天花亂墜，但觀眾卻如墮五里雲中，不知所云。

3. 父母的離異讓他開始墮落，和一些不三不四的人來往，真讓人擔心。

徵集 ✓　　徽集 ✗

釋義：通過公告或口頭等方式尋求、搜集。

辨析：「徵」從「彳」，表示與行走有關，指召集、尋求，如：「徵兵」、「徵集」、「徵文」（公開尋求文章）。

「徽」則是一種標誌，如：「國徽」、「校徽」。

例句：1. 哥哥為了策劃好這次元旦晚會，徵集了很多同學的意見。

2. 他們幾個在全校範圍內發起了「保護小動物」的活動，現在正在校門口徵集簽名呢。看，那些戴着校徽的人就是他們。

嬌生慣養 ✓　　驕生慣養 ✗

釋義：自幼受到長輩過分的愛憐和縱容。

辨析：「嬌」從「女」，用來形容女子溫柔嫵媚、逗人喜愛的姿態，如：「嬌滴滴」、「嬌小玲瓏」、「嬌柔」等。

「驕」從「馬」，形容自高自大，如：「驕傲」、「驕橫」、「驕兵必敗」。

例句：1. 李小華是個嬌生慣養的孩子，且不說肩不能挑，手不能提，就連早上的洗臉、刷牙也要人侍候。

2. 所謂「驕兵必敗」，我們學校的足球隊如此驕傲輕敵，哪有不打敗仗的道理呢？

漿糊 ✓　　槳糊 ✗

釋義：用麪粉等做成的可以黏貼東西的糊狀物。

辨析：「漿」從「水」，泛指流質的東西，如：「豆漿」、「泥漿」、「一團漿糊」。

「槳」從「木」，是安置在船兩旁划水行船的用具，如：「船槳」、「划槳」。

例句：1. 弟弟找不到膠水，就用漿糊把爛掉的課本黏貼好了，他非常高興。

2. 我現在腦子裏一團漿糊，你們先別吵，讓我先安靜一下，理清思路。

在下列表格內填上適當的字或偏旁，完成成語，並選出適當的詞語填在下面的橫線上。

A.	暴	露	無	
B.	言	兵		將
C.		臭		年
D.		詞	辶	句
E.	艹	然	無	ナ
F.	旁	亻		引
G.	戒	喬	戒	
H.	喬	生	忄	養
I.	玉	氵	瓊	

1. 由於家族突遭變故，原本＿＿＿＿＿＿＿＿的他，也不得不出來為生活打拼。

2. 富麗堂皇的圓明園，經過英法聯軍的掃蕩，財富已經＿＿＿＿＿＿＿＿了，只剩下一片殘骸。

3. 古往今來，有多少人能夠流芳百世或＿＿＿＿＿＿＿＿呢？大部分都是如你我一樣平凡的芸芸眾生。

4. 他的演講內容豐富翔實，＿＿＿＿＿＿＿＿，從古代到現代，從國內到國外，史料、數據無不信手拈來，語言幽默風趣，吸引了大批的聽眾。

5. 儘管吃的是山珍海味，喝的是＿＿＿＿＿＿＿＿，可是他生活得並不幸福，整日心神不寧，憂心忡忡。

完璧歸趙 ✓　　完壁歸趙 ✗

釋義：比喻事物完好無損地歸還原主。

辨析：「壁」從「土」，指牆，如：「牆壁」、「壁壘」。

「璧」從「玉」，指貴重的玉器，扁圓形，中間有孔，如：「白璧無瑕」。

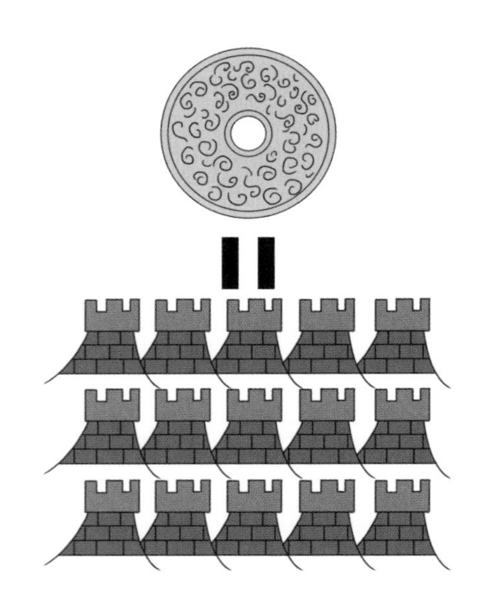

「完璧歸趙」這個成語出自歷史故事：戰國時期，趙國得到了楚國的和氏璧，秦昭王要用十五座城池來換珍貴的和氏璧。趙國不敢得罪秦國，便派藺相如出使秦國，帶着璧去換城。藺相如到秦國獻了玉璧，見秦王沒有誠意，只不過是存心訛詐，便設法把玉璧要回，然後派遣侍從化裝成老百姓，把和氏璧安全地送回趙國。

例句：1. 這是我上個星期向你借的書，現在完璧歸趙，你看看吧。

2. 在這場足球比賽中，我們班的防守壁壘森嚴，讓對方無機可乘。

恬不知恥 ✓　　括不知恥 ✗　　刮不知恥 ✗

釋義：做了壞事滿不在乎，不以為恥。

辨析：「恬」從「心」，表示與心理活動有關，指內心安靜、安然，如：「恬適」、「恬淡」。「恬不知恥」就是指內心安然，不以為恥。

「括」從「手」，指綑束、收攏，後引申指包含，如：「總括」、「概括」。「刮」指用刀等工具去掉附着在物體表面的東西，如：「刮鬍子」。

例句：1. 這個理財師恬不知恥地向客户吹捧這幾隻股票，其實他自己內心都不看好。

2. 清晨的田野，顯得格外恬靜優美。

3. 那個貪官攜着搜刮來的錢財，想潛逃到國外隱姓埋名地生活，卻在海關被人贓並獲。

沉湎 ✓　　沉緬 ✗

釋義：沉溺。比喻潛心於某事物或處於某種境界或思維活動中。

辨析：「湎」從「水」，本義指沉迷於酒，後泛指沉迷，迷戀。

「緬」從「糸」，表示與布帛有關，從「面」，「面」代表頭部，可以理解為頭戴布帛表示哀悼，如：「緬懷」（深情地懷念）。

例句：1. 經過一個月的艱苦努力，我們隊終於捧得了「全港中學生足球賽」的冠軍獎盃，大家都沉湎在勝利的喜悅中。

2. 在陣亡將士紀念日，人們緬懷那些在服兵役期間陣亡的士兵。

銷聲匿跡 ✓　　消聲匿跡 ✗

釋義：不再公開講話，不再公開露面。形容隱藏起來或不公開出現。

辨析：「銷」從「金」，「肖」表讀音，本義指熔化金屬。現用來表示「除去，解除」的意思，如：「銷毀」、「撤銷」、「銷聲匿跡」。

「消」指消失，如：「煙消雲散」。也可以表示消除，如：「消毒」、「消炎」。

例句：1. 地球上的自然生態環境被破壞，現在有很多動植物已經從世界上銷聲匿跡了。

2. 因為涉嫌造假，這間商家的優質服務資格被旅發局撤銷了。

藉故 ✓　　籍故 ✗

釋義：假借某種原因。

辨析：「藉」從「艸」，本義指墊在下面的草墊，引申為依靠或假託，如：「憑藉」、藉口」。

「籍」從「竹」，古代書本多以竹製成，本義指書本，後來泛指各種書冊、檔案，如：「書籍」、「户籍」。再引申出各種隸屬關係，如：「國籍」、「學籍」。

例句：1. 這樣的會議冗長而無趣，叔叔藉故悄悄離開了會場。

2. 這套書籍很多用字非常生僻，姊姊看起來很吃力，便藉故還給了姨丈。

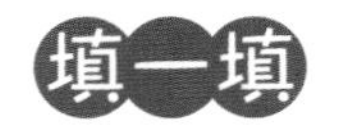

在下面句子的方格內填上適當的字。

1. 到徐州見着父親，看見滿院狼 ☐ 的東西，又想起祖母，不禁簌簌地流下眼淚。

朱自清《背影》

2. 這舒徐閒適的半小時的晚步，起初不過是隔兩日一次或隔日一次的，後來竟成了習慣，變得日日非去走不行了。這在我當然是一種無上的慰 ☐ ，可以打破一整天的單調生活。

郁達夫《馬纓花開的時候》

3. 朋友，福拉貝爾是何許人？就是您房裏玻璃書櫃上的那幾本燙金的書 ☐ 的作者麼？您知道，您答應借我看的，我一定小心翼翼地愛護書 ☐ 。

普魯斯特《追憶似水年華》

4. 那天晚上月光皎潔，屋前的草坪銀光閃爍，明如白晝。我正站在那裏沉 ☐ 在這寧靜美麗的景色中，忽然間警覺到有甚麼東西在樹的陰影下移動。

柯南道爾《福爾摩斯偵探小説》

5. 一個天真的，發自內心的笑，彷彿把以前的困苦全一筆勾 ☐ ，而笑着換了個新的世界，像換一件衣服那麼容易，痛快！

老舍《駱駝祥子》

如火如荼 ✓　　如火如茶 ✗

釋義：像火一樣紅，像荼一樣白。形容旺盛、熱烈或激烈。

辨析：「荼」從「艸」，指茅草上的白花。還可以指一種苦菜，如：「荼毒」（荼指一種苦菜，毒指毒蟲毒蛇之類，比喻毒害）。

「茶」指茶葉或是用茶葉做成的飲料。

例句：1. 道路兩旁，高大的鳳凰木正如火如荼地盛開着，熱情地向人們宣告着夏天的來臨。

2. 在確定好要表演的節目後，參演不同節目的同學們便如火如荼地排練起來。

3. 今天下午的茶點是小小的火腿三文治與巧克力蛋糕，十分美味，我們吃得一點不剩。

笑不可抑 ✓　　笑不可仰 ✗

釋義：彎着腰笑，笑得頭都抬不起來。

辨析：「抑」從「手」，指壓制，如：「壓抑」、「抑制」。

「仰」從「人」，意思是抬頭或是臉孔向上，如：「仰天大笑」、「俯仰由人」（比喻一切行動都要受人支配）。

「仰天大笑」和「笑不可抑」都是形容大笑的樣子。「仰天大笑」是臉孔向着天笑，而「笑不可抑」則是彎着腰笑。

例句：1. 調皮的猴子搶走了路人的帽子，卻把它戴到了屁股上，逗得路人笑不可抑。

2. 看到子文滑稽的樣子，同學們早已抑制不住地大笑起來，連一向嚴肅的金老師也忍不住笑了。

3. 看到台上小丑那滑稽的表演，台下的觀眾都笑得前仰後合。

立竿見影 ✓　　立杆見影 ✗

釋義：把竹竿豎在太陽光下，可立刻看到影子。比喻立刻見到效果。

辨析：「竿」專指竹質的桿形物體，如：「竹竿」、「釣魚竿」、「百尺竿頭，更進一步」（比喻即使有了極高的成就，也要繼續努力，更求上進）。

「杆」指器物中的細長得像棍子的部分，如：「旗杆」、「桅杆」。

例句：1. 對於這種慢性病，中藥的效果一般不會立竿見影，要堅持一段時間才能看到效果。

2. 他插上桅杆，拴上船帆，掛上一面旗子，再安上舵和槳，就可以啟航了。

膾炙人口 ✓　　膾灸人口 ✗

釋義：本義指味美的食物使人愛吃，比喻事物為人們所稱讚。

辨析：「膾」指切得很細的肉或魚。「炙」指烤熟的肉，如:「炙手可熱」（手摸上去感到熱得燙人。比喻氣焰盛，權勢大）。「膾」和「炙」都是人所愛吃的食物。「膾炙」泛指美味。

「灸」是中醫的一種治療方法，用燃燒的艾絨燻烤穴位，如：「針灸」。

例句：1. 這次音樂會上，既有雅俗共賞的流行音樂，又有膾炙人口的世界名曲。

2. 媽媽想通過針灸治療的方法減肥，使自己能夠健康地瘦下來。

姍姍來遲 ✓　　跚跚來遲 ✗

釋義：形容女子走路緩慢從容的姿態。現形容慢騰騰地來晚了。

辨析：「姍姍」是形容走路緩慢從容的姿態，也指女子走路慢的樣子。

「跚」不能重疊使用，與「蹣」構成「蹣跚」，形容腿腳不靈便，走路緩慢、搖擺的樣子。

例句：1. 每次參加集體活動，子文總會姍姍來遲，大家都拿她沒辦法。

2. 看到他步履蹣跚，大家才知道他的腳昨天不小心受傷了，怪不得今天會姍姍來遲呢。

根據下面的題目，在方塊圖中圈出正確的詞語，並在答案旁標示題目編號。

不	世	齊	如	無	緩	旁	傍
無	膾	以	火	複	加	喻	炙
擬	炙	裹	如	前	獅	獨	手
私	人	語	荼	笑	促	曙	可
概	口	流	姍	曇	不	頭	熱
陽	雪	貽	笑	姍	翁	可	馬
俯	仰	由	人	福	來	勢	抑
排	海	立	竿	見	影	遲	集

1. 我們班的班長競選正開展得 ＿＿＿＿＿＿＿＿，有好幾個競選者還準備了精彩的演講。
2. 「大笑不止」的近義詞。 ＿＿＿＿＿＿＿＿
3. 電影都快開場了，志明才 ＿＿＿＿＿＿＿＿ 。
4. 「比喻一切行動都受人支配」的成語。 ＿＿＿＿＿＿＿＿
5. 「平淡無味」的反義詞。 ＿＿＿＿＿＿＿＿
6. 為了鼓勵小妹妹學會自己的事情自己做，媽媽想出了獎勵小紅旗的方法，沒想到這個辦法的效果 ＿＿＿＿＿＿＿＿ 。
7. 他可是看心臟病方面 ＿＿＿＿＿＿＿＿ 的專家，一般要提前很久才能預約到的。

堅如磐石 ✓　　堅如盤石 ✗

釋義：像大石頭一般堅固，不可動搖。

辨析：「磐」從「石」，意思是大石頭。「磐石」指厚而大的石頭。

「盤」從「皿」，與器皿有關，指盤子或像盤子的器具，如：「棋盤」、「算盤」。後引申指仔細查問或清點，如：「盤點」、「盤問」。

例句：1. 老人一生命運多舛，見慣生離死別，早就將一顆心鍛造得堅如磐石。

2. 樓宇管理員只要看到不認識的人，都會不厭其煩的盤根究底。

3. 幾個大男人走到石門邊想要打開它，但是無論他們怎麼使勁，那道門仍然堅如磐石。

相形見絀 ✓　　相形見拙 ✗

釋義：與同類事物比較，顯出不夠、不如的地方。

辨析：「絀」指不夠、不足，如：「左支右絀」（原指彎弓射箭的姿勢，左手支持，右手屈曲。後指力量不足，應付了這方面，那方面又出了問題）。

「拙」指愚笨、不靈活，如：「笨拙」、「拙劣」。

還有兩個字也容易和「絀」混淆，就是「咄」、「茁」，現辨析如下：

字	部首	音	意義	詞例
絀	糸	chù 粵音出	不夠、不足	相形見絀、左支右絀
拙	手	zhuó 粵音桌	愚笨	笨拙、拙劣
咄	口	duō 粵音拙	呵叱聲	咄咄逼人、咄咄怪事
茁	艸	zhuó 粵音啜	草木初生的樣子	茁壯

例句：1. 他出色的外表，不俗的談吐，優雅的風度，使其他來賓都相形見絀。

2. 他笨嘴拙舌地解釋了半天，這才讓等候半天的朋友消了氣。

3. 議員這一番咄咄逼人的講話引起了民眾們的爭議和不滿。

心力交瘁 ✓　　心力交悴 ✗

釋義：精神和體力都到了極度疲乏的程度。

辨析：「瘁」從「疒」，指過度勞累，組成的詞語意義也多與之有關，如：「心力交瘁」、「鞠躬盡瘁」（謹慎工作，貢獻出全部力量）。

「悴」從「心」，原指憂愁、衰弱。在現代漢語中，它只在「憔悴」這個詞裏出現。「憔悴」是形容人瘦弱、臉色不好看。

例句：1. 為了生計，他不得不同時打幾份工，每天把自己弄得心力交瘁。

2. 因為連續加了好幾天班，爸爸看起來很憔悴。

寒暄 ✓　　寒喧 ✗

釋義：見面時問寒暖起居的應酬話。

辨析：「暄」從「日」，指太陽的溫暖。

「喧」從「口」，指聲音很大，如：「喧嘩」、「喧囂」、「喧賓奪主」（聲勢強大的賓客，佔了主人的位置，反客為主）。

很多人以為互敍寒暄用的是嘴巴，自然用口旁的「喧」。其實「寒暄」指古人見面時常從天氣的冷暖講起，問候對方起居的應酬話，即說寒道暖之意。

例句：1. 我們已經太久沒有見面，彼此變得有些陌生，所以見面就寒暄了幾句。

2. 他擔心助手一旦上台便會喧賓奪主，所以設下了許多限制條款。

3. 談判雙方先是互相寒暄了幾句，然後開始進入談判主題。

惴惴不安 ✓　　揣揣不安 ✗

釋義：形容又發愁，又害怕的樣子。

辨析：「惴」從「心」，與心情有關，指憂愁、恐懼，如：「惴惴不安」。

「揣」從「手」，指用手仔細地度量，估算，如：「揣測」、「揣摸」。後引申為藏入、塞進，如：「揣在懷裏」。

例句：1. 暴雨一直下，河水猛漲，村民們日夜惴惴不安地守護在河堤上。

2. 身為演員，他常常要反覆揣摩劇中角色的心理和情感，力圖將人物表現得真實可信。

一　在下面方格內填上適當的部首或部件。

1. A. 寒□宣　B. □宣嘩　C. □宣鬧　D. 鑼鼓□宣天

2. A. 精□卒　B. 憔□卒　C. 純□卒　D. 鞠躬盡□卒

3. A. □耑測　B. □耑摩　C. 祥□耑　D. □耑□耑不安

4. A. 笨□出　B. □出壯　C. 相形見□出　D. □出□出逼人

二　從上題中選出適當的字，填在下句的括號內。

1. 既要照顧癱瘓的父親，還要照顧年幼的孩子，她常常感到心力交（　　）。

2. 他可是現在炙手可熱的畫家，我的畫和他的放在一起自然是相形見（　　）。

3. 在路上碰上熟人，我們會跟他寒（　　）一兩句，切記不可大聲（　　）鬧，或追追趕趕。

4. 統考的成績再過幾天就出來了，姊姊這幾天一直（　　）（　　）不安，常在心裏（　　）測自己的考分是多少。

5. 他一天到晚只知道吃喝玩樂，純（　　）是一個紈絝子弟。

6. 有理不在聲高，即使我們的觀點是正確的，但若在表達時表現得（　　）（　　）逼人，也會讓人感覺不舒服。

隕落 ✓　　殞落 ✗

釋義：（星體或其他在高空運行的物體）從高空掉下。

辨析：「隕」從「阜」，「阜」指土山，意思指從高處掉下、墜落，如：「隕石」、「隕落」。「殞」從「歹」，常與「死亡」有關。現代漢語作「死」講，如：「殞命」。

「隕落」也可以作「逝世」解釋，如：「巨星隕落」（偉大的人物逝世了），那是用的比喻義，把人去世比作巨星墜落，因不是本義，故仍用「隕」。

例句：
1. 天上，一道美麗的光芒劃破夜空，又一顆流星隕落了。
2. 他才 27 歲，剛剛開始在業界嶄露頭角，卻因為一場交通意外當場殞命，實在令人扼腕。

戰戰兢兢 ✓　　戰戰競競 ✗

釋義：形容小心謹慎的樣子。

辨析：「兢」本是表示敬意。在現代漢語裏，它只以複疊形式出現。「兢兢」形容小心謹慎的樣子，如：「兢兢業業」（小心謹慎、認真踏實）。

「競」是比賽、爭逐的意思，如：「競賽」、「競爭」。

例句：
1. 我第一次攀岩時，對高高的岩壁充滿畏懼，當我戰戰兢兢地上到岩壁的那一刻，感覺心都快跳出來了。
2. 老人在小小的事務所兢兢業業工作了幾十年，如今終於退休了。

漫無邊際 ✓　　謾無邊際 ✗

釋義：指非常廣闊，一眼望不到邊。也可以指談話、寫文章沒有中心。

辨析：「漫」本義是水太滿，向外流，引申為不受約束、隨便，如：「散漫」。

「謾」指輕慢、沒有禮貌，如：「謾罵」（用輕慢、嘲笑的態度罵）。

例句：
1. 我躺在沙灘椅上，望着那漫無邊際的星空，心情無比平靜。
2. 獨自出國留學，經歷無數孤獨的夜晚後她才知道，以前每天晚飯後，和爸爸媽媽漫無邊際閒聊的時光是多麼溫馨。

走火入魔 ✓　　走火入魅 ✗

釋義：形容對某種事物迷戀到失去理智的地步。

辨析：「走火入魔」中，「走火」在道教中指修煉精氣神，急躁冒進，產生內氣亂竄的狂躁現象。「入魔」是因走火產生幻象。

「魅」從「鬼」，指傳說中的鬼怪，如：「鬼魅」、「魑魅魍魎」（古代傳說中的各種鬼怪，現用來比喻各種壞人）。傳說有些鬼怪有吸人魂魄的力量，所以人們把能吸引人的力量稱為「魅力」。

例句：
1. 在很多武俠小說中，都有描寫有人對練武過於癡迷，最後落得走火入魔的境地。
2. 春天的魅力真是無法抵擋，公園裏那五顏六色的花朵讓我的眼睛應接不暇，引得蜜蜂、蝴蝶也都流連忘返。

蹩腳 ✓　　彆腳 ✗

釋義：原來指腳腕子扭傷，現在多用來比喻物件的品質不好或人的本領不強。

辨析：「蹩」容易與「憋」、「彆」混淆，現辨析如下：

字	部首	音	意義	詞例
蹩	足	bié 粵音別	指腳扭傷。	蹩腳、蹩腳貨
憋	心	biē 粵音鼈	形容心裏有委屈或煩惱而不讓發泄出來。	憋氣、憋悶
彆	弓	biè 粵音鼈	本指弓兩端向外彎曲的地方，引申指不順、不和。	彆扭

例句：
1. 他含含糊糊地找了個蹩腳的藉口，想要解釋自己為甚麼上學遲到了，可是老師一聽就知道他在說謊。
2. 他們兩個人之間素來彆彆扭扭的，說不到一塊兒。
3. 玉芬看到自己辛苦一個早上才收拾乾淨的房間瞬間被翻得亂七八糟，想發火又忍住，只是覺得心裏有說不出的憋悶。

一　根據下面的字的提示，填出正確的字。

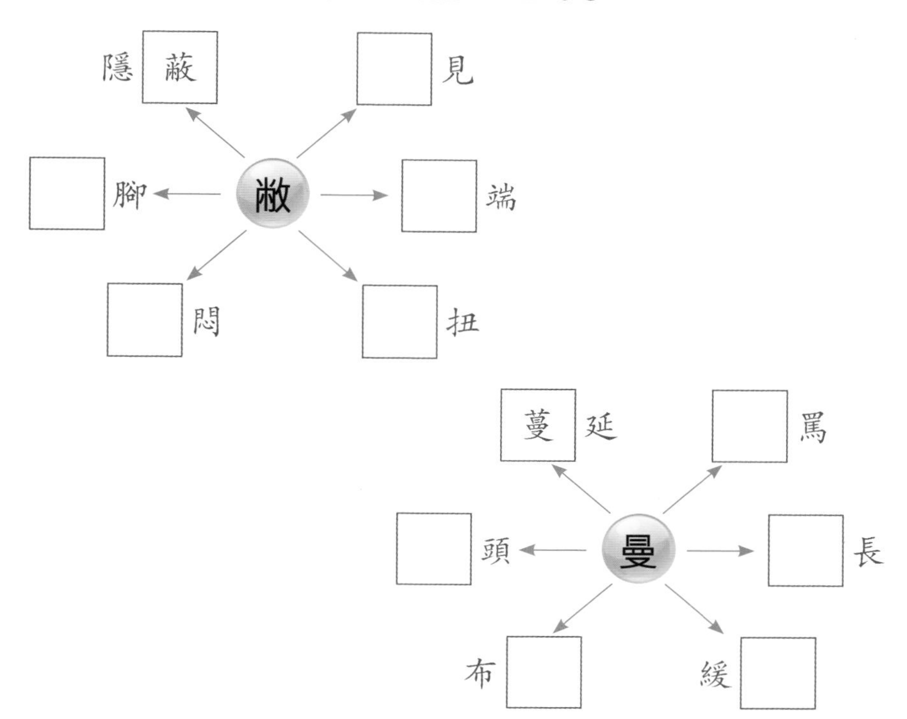

二　粗心的子文寫了一些錯別字，你能幫他找出來並改正嗎？

1. 她對自己一點兒信心也沒有，總覺得自己的字寫得很彆腳。（　　）
2. 因為有兩門功課不合格，哥哥放學後戰戰兢兢的，生怕爸爸知道後大發雷霖。（　　）（　　）
3. 她一生氣便從家裏跑了出來，可又不知道要去哪裏，只是謾無邊際地在街上走着。（　　）
4. 2016 年 5 月 25 日，中國著名的作家、翻繹家楊絳先生辭世，一代文學大師就此殞落。（　　）（　　）
5. 姊姊走路時在看書，吃飯時在看書，上側所的時候在看書，真有點走火入魅了。（　　）（　　）

趨之若鶩 ✓　　趨之若騖 ✗

釋義：像鴨子一樣成羣地跑過去。比喻追逐不正當的事物。

辨析：「騖」從「馬」，是馬快跑的意思，引申作「追求」解，如：「好高騖遠」（不切實際地追求過高的目標）、「心無旁騖」（形容心思集中，專心致志）。「鶩」從「鳥」，指鴨子。

例句：
1. 很多女孩子都以瘦為美，只要聽到別人介紹可以瘦身的方法，立刻會有不少人趨之若鶩的去嘗試。
2. 就是因為鑽石晶瑩閃耀，又珍貴罕有，所以不同文化、不同年代的婦女都對它趨之若鶩。
3. 只要碰到自己喜歡的書，哥哥便可以做到心無旁騖，完全沉浸在書的世界裏。

贍養 ✓　　瞻養 ✗

釋義：供給生活所需。

辨析：「贍」從「貝」，意思是供給財物，如：「贍養」。後來引申指豐富、充足，如：「豐贍」、「力不贍」（力不足）。

「瞻」從「目」，指往前或往上看，如：「瞻望」、「高瞻遠矚」（站得高，看得遠。比喻目光遠大）。

例句：
1. 在我們小的時候，爸爸媽媽盡心盡力地照顧我們，等到他們老了，我們就要贍養他們。
2. 每天都會有遊客來到這裏，瞻仰這位偉人的雕像，還時常有人獻上鮮花，供奉在雕像的腳下。

吐痰 ✓　　吐啖 ✗

釋義：從口中吐出痰來。

辨析：「痰」是人體呼吸系統分泌出來的黏液。因為含有細菌，會傳播疾病，所以「痰」從「疒」。有人誤認為「痰」是從口裏吐出來的，所以用「口」旁，這是不對的。

「啖」指吃，或是給人吃，如：「啖飯」（吃飯）、「以棗啖之」（拿棗給他吃）。「啖」是文言詞，現代漢語中已不常用。但在廣東話中還是經常用到，表示量詞「口」，如：「飲啖茶」（喝口茶）。

例句：1. 注意公共衞生，請勿隨地吐痰。

2. 「日啖荔枝三百顆，不辭長作嶺南人。」是宋代著名文學家蘇東坡被貶官到廣東後寫的詩句。

剪綵 ✓　　剪彩 ✗

釋義：公司、公共遊藝場所或重要工程建設，於開幕典禮時，邀請政要或名媛以剪刀剪斷彩帶的儀式。有發軔吉利或廣為宣傳之意。

辨析：「綵」從「糸」，指彩綢。「剪綵」所剪的是彩色綢帶，而不是色彩，所以不能用「彩」。

例句：1. 現在臨近春節，街道和公園、商店到處張燈結綵，一派喜氣洋洋的景象。

2. 在慶祝大廈落成的剪綵儀式上，精彩的舞獅表演贏得了人們的一陣陣喝彩。

和藹可親 ✓　　和靄可親 ✗

釋義：性情溫和，態度親切，令人覺得容易親近。

辨析：「藹」從「艸」，本義是指樹木生長繁茂，後來引申為和氣、態度友好，如：「和藹可親」。

「靄」從「雨」，指雲氣，如：「煙靄」、「暮靄」。

例句：1. 我們全班同學都喜歡新的班主任，因為她比以前的班主任更加和藹可親。

2. 遠處的羣山沉浸在一派藍色的暮靄之中，朦朦朧朧，顯得肅穆莊嚴。

動腦筋

根據下面的提示，將詞語補充完整。

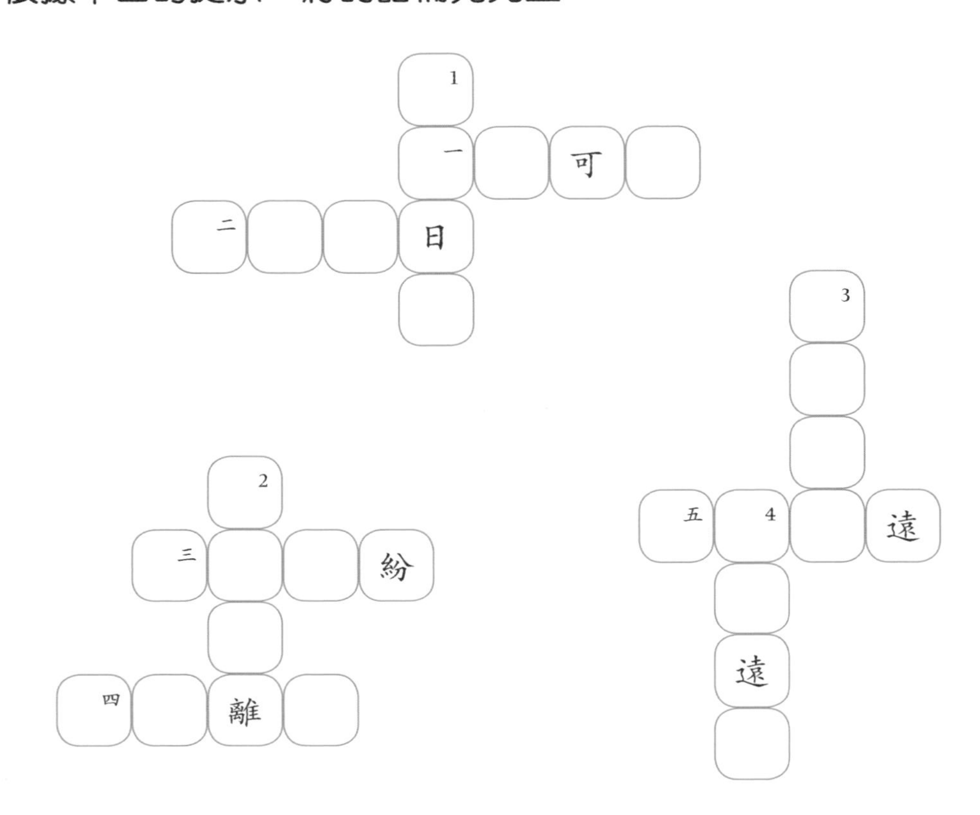

橫行：

一、指性情溫和，態度親切，令人覺得容易親近。

二、形容事物體積龐大、數量眾多或氣勢盛大。

三、指顏色繁多，非常好看。

四、離開家鄉到外地。

五、比喻不切實際地追求過高過遠的目標。

豎行：

1. 形容晴朗暖和的天氣。

2. 指色彩斑斕錯雜。

3. 形容心思集中，專心致志。

4. 比喻眼光遠大。

煥然一新 ✓　換然一新 ✗

釋義：光彩奪目，給人一種全新的感覺。

辨析：「煥」從「火」，本義是火光，後引申指光亮，散發光彩的樣子，如：「煥發」（光彩四現）。

「換」從「手」，是交換、變換的意思。

例句：1. 他花了十多萬裝修，將這間舊屋變得煥然一新，住在裏面感覺人精神都煥發了許多。

2. 他新換了一個髮型，再穿上新買的西裝後，感覺整個人都煥然一新了。

聲嘶力竭 ✓　聲嘶力揭 ✗

釋義：聲音嘶啞，力氣用盡。形容拚命地喊叫後的情狀。

辨析：「竭」是盡的意思，如：「竭力」、「竭誠」。「力竭」指力氣用盡。

「揭」是用手把黏在別的物體上的片狀物成片取下，如：「揭下牆上的畫」。後引申為把蓋在上面的東西拿起，如：「揭幕」、「揭露」。

例句：1. 那個孩子發現媽媽不見了，嚇得大哭起來，直到哭得聲嘶力竭。

2. 這篇報道揭露了那些不法商販以次充好、弄虛作假的不法行為。

迷濛 ✓　迷朦 ✗

釋義：形容（天色）一片模糊不清。

辨析：「濛」指雨點很小。「迷濛」是形容由於煙雨而造成的一片模糊不清的景象。

「朦」在現代漢語裏只跟「朧」字構成「朦朧」。「朦朧」也是形容模糊不清，不過那是因為光線不足，而不是因為煙雨的關係。

例句：1. 飛機飛抵機場時，因為霧霾，天地之間灰蒙蒙的，不遠處的山也朦朦朧朧看不清楚。

2. 站在山頂向下望，在一片霧氣中，一間間紅瓦磚房散落在疏林田疇中間，好一派水霧迷濛的風景畫。

3. 她平復了一下心情，然後抬起淚水迷濛的雙眼，對大家說：「我沒事！」

集腋成裘 ✓　　集液成裘 ✗

釋義：裘：皮衣。狐狸腋下的皮雖很小，但聚集起來就能製一件皮袍。比喻積少成多，或靠眾力以成一事。

辨析：「腋」從「月（肉）」，指腋下，特指狐狸腋下那塊純白珍美的毛皮。

「液」從「水」，指液體，集「液」如何能夠成裘？

「集腋成裘」是個成語，出自《慎子・知忠》：「粹白之裘，蓋非一狐之腋也。」

例句：

1. 正所謂集腋成裘，如果每人捐獻一元，全港就有近八百萬元，也能為賑濟非洲災民盡一份心，出一份力。
2. 生物學家將蛇的毒液提煉出來，製成可以治療疾病的藥物。
3. 學習是一個積累的過程，集腋成裘，經過長時間的積累，才能在學習上取得很好的成績。

輟學 ✓　　綴學 ✗

釋義：中途停止上學。

辨析：「輟」指中止，停止，如：「輟業」、「輟筆」（寫字、畫畫、寫文章未完成而停筆）、「日夜不輟」。

「綴」從「糸」，表示用針線等使連起來，如：「綴網」。後加入裝飾之義，如：「點綴」。

例句：

1. 女孩被查出患了嚴重的心臟病，不得不輟學在家接受治療。
2. 當靈感出現時，他便日夜不輟地寫作，寫出了一部部膾炙人口的小說。
3. 每週一次的舞蹈，不再是她生活中可有可無的點綴，變得重要起來，給她平淡的生活增添了幾分趣味和嚮往。

巧填拼圖

一 下面的拼圖亂了，並且少了一個字。把正確的詞語填在橫線上。

1. 而 揭 起 　 ________

2. 集 成 　 裘 ________

3. 力 聲 　 竭 ________

4. 一 　 新 然 ________

5. 　 骨 脫 胎 ________

6. 迷 　 天 色 ________

二 從上題中選出適當的成語填在括號內。

1. 在集市上，那個（　　　　　　）地叫喊「貨真價實」的小販，賣的恰恰都是次貨，價格也都是叫高了的。

2. 這條馬路邊的護欄本來鏽跡斑斑，工人重新粉刷了以後，立刻（　　　　　　）了。

3. 經過設計師的巧手佈置，這間舊屋竟如同（　　　　　　）一般，變成了一間富有地中海色彩的浪漫小屋。

4. 學習是一個積累的過程，（　　　　　　），經過長時間的積累，才能在學習上取得很好的成績。

5. 每天清晨，（　　　　　　）時，農夫便要去地裏幹活了。

不勞而獲 ✓　　不勞而穫 ✗

釋義：自己不勞動而佔有別人的勞動成果。

辨析：「獲」從「犬」，原指捕獲禽獸，如：「捕獲」、「獵獲」。也可以引申解釋為得到，如：「獲得」、「獲取」、「獲悉」。

「穫」從「禾」，指農作物收成。在現代漢語中，常用的也只有「收穫」一詞。

例句：1. 爸爸說：「你年紀輕輕應該自食其力，怎麼可以想着靠祖上的家業，過那種不勞而獲的日子呢？」

2. 這次旅行，我們收穫甚豐，不僅開闊了視野，增長了見識，還結識了一羣興趣相投的朋友。

坐以待斃 ✓　　坐以待弊 ✗

釋義：坐着等死或等待失敗。

辨析：「斃」指死。留意字的下面就有一個「死」字，如：「倒斃」、「斃命」、「暴斃」。「弊」指欺矇人的壞事，如：「作弊」、「舞弊」。也指害處、毛病，如：「興利除弊」。

例句：1. 船馬上就要沉了，如果現在還不棄船逃生，就只能坐以待斃了。

2. 公司主管擔心自己營私舞弊的行為被人揭發，整天惶惶不可終日。

3. 每一種方案都有它的弊端，我們只能選擇一種相對來說對大家最為公平的方案。

面目猙獰 ✓　　面目掙擰 ✗

釋義：形容面目兇惡可怕。

辨析：「猙」和「獰」從「犬」，形容面目有如兇惡的野獸一樣可怕。

「掙」和「擰」從「手」，都是動詞。「掙」指用手擺脱束縛。「擰」指用兩隻手握住物體的兩端分別向相反的方向用力。這兩個動詞不可以用作形容詞來修飾「面目」。

例句：1. 民間貼的門神大多面目猙獰，因為那是用來嚇唬妖魔鬼怪的。

2. 海浪瞬間變得猙獰起來，怒吼着衝向岸邊，像要把海岸吞噬掉。

蹉跎歲月 ✓　　磋砣歲月 ✗

釋義：時間白白浪費，人生虛度。

辨析：「蹉跎」意思是：①失足跌倒，比喻受挫折。②虛度光陰，如：「歲月蹉跎」。

「磋砣」和「蹉跎」同音，但「磋」和「砣」是兩個意思互不相關的字，把「磋砣」連成一個詞全無意義。「磋」原義是把角、骨等研磨製成器物，如：「切磋」。還可以引申為商量討論，如：「磋商」。「砣」指秤砣。

例句：1. 他自歎年過半百，卻蹉跎歲月，一事無成。

2. 她雖然歷經歲月蹉跎，但身材依舊高挑勻稱，非常有氣質。

蟄伏 ✓　　蜇伏 ✗

釋義：指動物冬眠，潛伏起來不吃不動。或指像動物冬眠一樣長期躲在一個地方，不出頭露面。

辨析：「蟄」是指動物冬眠，藏起來不食不動，如：「蟄伏」、「驚蟄」。

「蜇」指毒蟲用刺刺人或牲畜。

例句：1. 熊斷斷續續地睡過大部分冬天，但牠只是長期蟄伏，並非真正的冬眠。

2. 這一連串的打擊並未真正擊垮他，他只是蟄伏起來，等待一個適當的時機再出山。

肄業 ✓　　肆業 ✗

釋義：指正在或曾在學校學習而沒有畢業。

辨析：「肆」本義指陳設、擺列，後表示店舖，如：「酒肆」、「茶肆」。在現代漢語中多表示放縱，任意而行，不顧一切，如：「放肆」、「肆意妄為」。

「肄」指學習、練習，「肄業」指的是學習，自然不能寫為「肆業」。

例句：1. 達爾文在愛丁堡大學學了兩年醫學，發現自己對醫學毫無興趣，不得不肄業退學。

2. 他在食肆裏的行為太過放肆，引起了旁人的不滿。

在正確詞語前的方格內加 ✓。

1. 農夫想要（☐ 不勞而獲 ☐ 不勞而穫），每天等着天上掉餡餅，最後田地都（☐ 茺蕪 ☐ 荒蕪）了。

2. 如果我們在平時的學習中沒有（☐ 全力已赴 ☐ 全力以赴），在考試時只有（☐ 坐以待弊 ☐ 坐以待斃）。

3. 他的叔叔年輕時曾經（☐ 遭遇 ☐ 糟遇）一場嚴重的火災，現在變得有些（☐ 面目猙獰 ☐ 面目掙擰）。

4. 雖然志明只是一個大學（☐ 肄業生 ☐ 肆業生），但是這並不（☐ 防礙 ☐ 妨礙）他成為一名優秀的企業家。

5. 如果只是一味地（☐ 沉緬 ☐ 沉湎）過去，或是一味地夢想未來，這都是在（☐ 蹉跎 ☐ 磋砣）歲月呀！

6. 蟬的一生（☐ 漫長 ☐ 蔓長）而又短暫，牠們通常要在地底下（☐ 蛰伏 ☐ 蟄伏）好幾年，等重見光明後，卻只能再活幾十天的時間。

水性楊花 ✓　水性揚花 ✗

釋義：水性隨意流動，楊花隨風飄揚，比喻女子用情不專。

辨析：「楊」從「木」，樹名，「楊花」即是柳絮。柳絮隨風飄揚，古人用以形容女子用情不專、見異思遷，比喻形象又貼切。

「揚」從「手」，指往上撒，或傳播出去，如：「揚名」、「揚塵」。「揚花」專指水稻、小麥、高粱等作物開花時，花藥裂開，花粉飛散。顯然，與「水性楊花」中的「楊花」所指完全是兩回事。

例句：1. 用情不專的男子固然不好，但水性楊花的女子也應當受到鄙夷。

2. 他發現自己的妻子是一個水性楊花的人，便揚言要和她離婚。

如法炮製 ✓　如法泡製 ✗

釋義：依照成法炮製藥劑，泛指照現成的方法辦事。

辨析：「炮」從「火」，指炮製中藥的一種方法，把生藥放在熱鐵鍋裏炒，使它焦黃爆裂。

「泡」從「水」，指氣體在液體內，使液體鼓起來造成的球狀或半球狀體。也可以指較長時間地放在液體中。

「炮製中藥」要用火炒，自然不能用與「水」有關的「泡」了。

例句：1. 姊姊對着網上提供的方法，如法炮製，真的做成了美味的蛋糕。

2. 這種茶要用上好的山泉來沖泡，才能品味出它特有的甘醇。

萎靡 ✓　萎糜 ✗

釋義：形容精神不振，意志消沉。

辨析：「靡」與「糜」有時可以通用，如：「糜爛」，也可寫作「靡爛」；「靡費」也可寫為「糜費」，表示腐爛或浪費的意思。

「靡」可以表示浪費、奢侈，如：「奢靡」（奢侈浪費）、「靡費」（過度浪費）。還含有衰弱不振之意，如：「萎靡」。

「糜」從「米」，本義指煮爛的米，引申為爛，腐敗，如：「糜爛」。

例句：1. 只不過是一次考試失利而已，你怎麼能就此萎靡不振呢？

2. 明朝末年，局勢糜爛不可收拾，朝廷內憂外患，很快便滅亡了。

馳騁 ✓　　馳聘 ✗

釋義：騎馬奔跑。也可以形容非常活躍。

辨析：「騁」從「馬」，本義指縱馬向前奔，「馳騁」的「騁」便是此義。後引申指放開、施展，如：「遊目騁懷」（恣意縱目四望，舒展胸懷）。

「聘」從「耳」，指探聽消息。現代多用來指請人任職做事，如：「招聘」、「聘用」。也用來指訂婚及贈送的禮物，如：「聘禮」。

例句：1. 我嚮往着能夠像牧人們一樣騎着駿馬馳騁在遼闊的草原上。

2. 哥哥打扮一新，帶着簡歷，信心十足地去那家大公司應聘。

惆悵 ✓　　稠悵 ✗

釋義：指傷感，失意。

辨析：「惆」從「心」，指失意，悲痛。「悵」從「心」，指不如意。「惆悵」是用來形容人的情緒，故要用「心」旁。

「稠」從「禾」，篆文寫作[篆文]，周表示種莊稼的田地。「稠」的本義指田地裏種滿了莊稼，蘊意莊稼又多又密，因此引申出事物多而密之意，如：「地窄人稠」。

例句：1. 我們是最好的朋友，總是會相互訴説各自在生活和學習中的各種惆悵和煩惱。

2. 香港人口稠密，街道、商場、地鐵到處是熙熙攘攘的人羣。

名列前茅 ✓　　名列前矛 ✗

釋義：指名次列在前面。

辨析：「前茅」：春秋時，楚國行軍用茅草做報警用的旌旗。在行軍時拿着走在隊伍的前面，作為報警的信號。「茅」從「艸」，指一種草本植物。

「矛」指古代的一種兵器，在長杆的一端裝有青銅或鐵製成的槍頭。

例句：1. 爸爸小時候學習成績很好，而我的成績在班上也總是名列前茅，爸爸總是開玩笑地説我是「強父膝下無弱兵」。

2. 生活在叢林裏的土著喜歡用長矛、飛鏢以及自製的弓箭來獲取獵物。

一　根據提示，在下面的空格內填上適當的字。

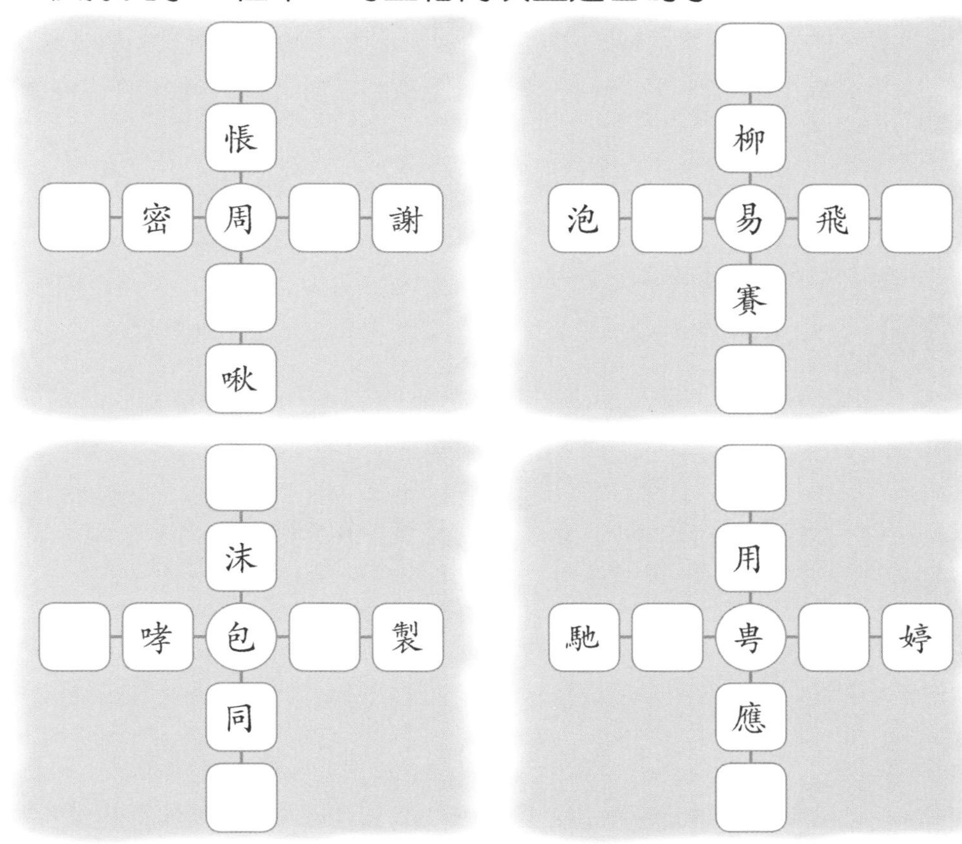

二　從上題中選出適當的詞語，填在橫線上。

1. 狐狸又一次如法＿＿＿＿＿＿，還想用這種辦法偷雞，不過這一回卻＿＿＿＿＿＿了。

2. 魚兒渴望江河，禾苗渴望雨露，雄鷹渴望藍天，駿馬渴望＿＿＿＿＿＿，而因傷病臥牀的他則渴望能再回到＿＿＿＿＿＿一展身手。

3. 農夫望着曾經＿＿＿＿＿＿生長着青綠禾苗，而今卻乾涸得快要裂開的土地，心裏充滿了＿＿＿＿＿＿。

4. 我們看見鳥兒們在＿＿＿＿＿＿的枝頭來回穿梭，不時落在枝頭快樂地＿＿＿＿＿＿。

皮開肉綻 ✓　　皮開肉腚 ✗

釋義：皮肉裂開。形容被打得傷勢很重。

辨析：「綻」本義指衣縫裂開，如：「衣服綻裂」。後來又引申指花果飽滿、裂開，如：「百花綻放」。也泛指物體裂開，如：「破綻」、「皮開肉綻」。

「腚」指臀部，如：「光着腚」即是光着屁股的意思。很多人會由於受了「肉綻」的「肉」的潛意識影響，把「綻」也跟着誤寫為「肉（月）」旁了。

例句：1. 這人極不可信，你沒發現他講的話前後矛盾，破綻百出嗎？

2. 唐先生剛從酒店裏走出來，就被幾個彪形大漢圍住，打得皮開肉綻。警方經過初步調查，懷疑案情與錢銀糾葛有關。

良莠不齊 ✓　　良秀不齊 ✗

釋義：指好的壞的都有，都混在一起。

辨析：「莠」從「艸」，本義指狗尾草。用來比喻品質壞的人。

「秀」從「禾」，指植物抽穗開花。也指清秀，如：「山清水秀」。

例句：1. 很多街頭畫家喜歡聚在這裏給人畫畫，但是水準良莠不齊。

2. 網路上的資訊很多，良莠不齊，我們在選擇的時候要小心甄別。

3. 一束孩童般的天真無邪的光從他那雙俊秀的眼睛裏閃耀出來。

始作俑者 ✓　　始作蛹者 ✗

釋義：本義指開始製作俑（古代殉葬用的偶像）的人。比喻惡劣風氣的創始者。

辨析：孔子反對用俑殉葬，他説，開始用俑殉葬的人，大概沒有後嗣了吧！（始作俑者，其無後乎。）（見於《孟子．梁惠王上》）

「俑」從「人」，指古代殉葬的偶像，如：「陶俑」。「蛹」從「虫」，指某些昆蟲由幼蟲變為成蟲的過渡形態，如：「蠶蛹」。

例句：1. 現在事情已經發生了，再去追究誰是始作俑者還有甚麼意義呢？現在最重要的是想想怎麼解決這件事情。

2. 他將被子裹成一團，好似一隻肥肥白白的蠶蛹躺在牀上。

迫在眉睫 ✓　　迫在眉捷 ✗

釋義：比喻事情臨近眼前，十分緊迫。

辨析：「睫」從「目」，指睫毛。「眉睫」指眼前。

「捷」從「手」，指快，如：「敏捷」、「捷足先登」（比喻行動敏捷，先達到目的）。也可以指戰勝，如：「捷報」、「大捷」。

例句：1. 才剛說了幾句，媽媽便淚盈於睫，哽咽起來。

2. 世界上的石油資源越來越少，開發出新的替代能源已經迫在眉睫。

3. 運動會上，我班捷報頻傳，同學們個個都信心滿滿，喜氣洋洋。

猖狂 ✓　　倡狂 ✗

釋義：形容狂妄而放肆。

辨析：「猖」從「犬」，「昌」意為人來人往，熱鬧非凡。「犬」與「昌」聯合起來表示在熱鬧的街市中撒野，在公共場合耍橫，引申為「肆意妄為」。

「倡」從「人」，指首先提出，帶頭發起，如：「提倡」、「倡導」。

例句：1. 這裏有很多積水，都沒有人及時清理，難怪蚊子猖狂呢！

2. 這個公益組織倡導和平，呼籲通過對話來解決各國的紛爭。

鋌而走險 ✓　　挺而走險 ✗

釋義：指因無路可走而採取冒險行動。

辨析：「挺」有直立、堅硬的意思，如：「挺立」、「挺身」、「挺起腰板」。

「鋌」指急行快走的樣子。「走險」指奔赴險處。「鋌而走險」指因走投無路，而不顧一切快步跑上冒險之路。若寫成「挺而走險」，豈不是表示挺直腰板去冒險？

例句：1. 現在有一些年輕人受不了挫折，受了一點委屈便會憤世嫉俗，甚至鋌而走險。

2. 警方呼籲事故的目擊者能夠挺身而出，向警方提供線索，予以協助。

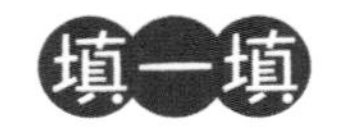

給下列成語補上缺失的部件，並選出適當的答案填在句子中的橫線上。

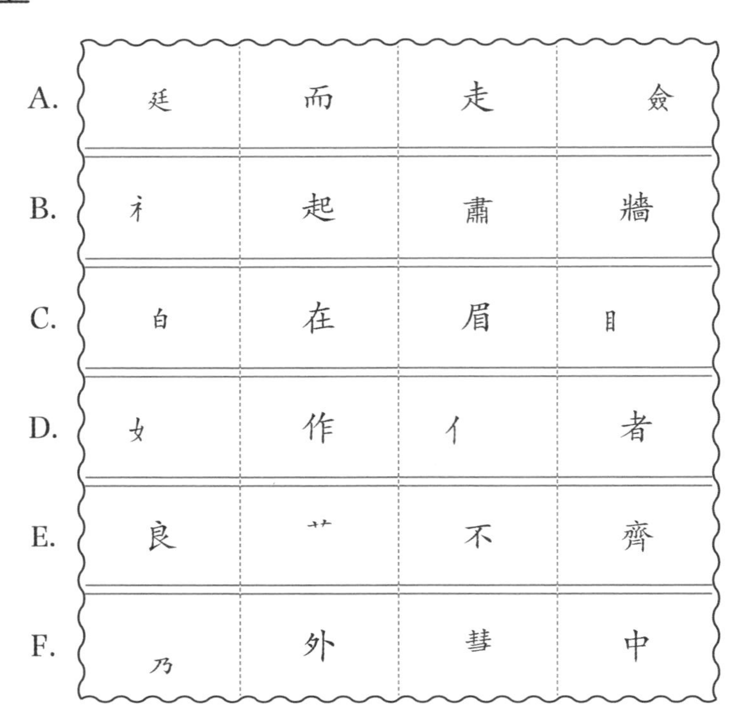

A.	廷	而	走	僉
B.	礻	起	肅	牆
C.	白	在	眉	目
D.	女	作	亻	者
E.	良	艹	不	齊
F.	乃	外	彗	中

1. 母親突然生病，讓本就貧困的家庭雪上加霜，他走投無路，這才 ________________ 去偷竊。

2. 那幢樓房突然起火，情況 ________________，消防員奮不顧身地衝進火場救援。

3. 爸爸對我說：「既然你是這件事的 ________________，現在應該如何收場，後果自然應該由你來承擔。」

4. 網上售賣的商品雖價格便宜，但品質 ________________，我們要小心挑選，避免上當。

5. 這次的危機純粹是 ________________，看來老闆一定要好好整頓一番，理清親友之間的複雜關係。

陵墓 ✓　　凌墓 ✗

釋義：帝王或諸侯的墳墓。

辨析：「陵」從「阜」，「阜」表示與地形有關。「夌」表示攀越，合起來是「攀越大土山」的意思，引申為「登上、升」之義。後來成為古代帝王的墳墓專用字，有其專用的升天通道（之處）的意思。

「凌」本義指冰，後來引申為侵犯，欺侮，如：「欺凌」。也可指升高，在空中，如：「凌空」。

例句：1. 秦始皇的陵墓是迄今為止發現的規模最宏大的陵墓，兵馬俑是他的陪葬墓坑之一，被稱為世界第八大奇跡。

2. 莫高窟中充滿靈氣，凌空飛舞的仙人形象，是敦煌藝術的重要代表標誌。

誨人不倦 ✓　　悔人不倦 ✗

釋義：教導別人而不知疲倦。

辨析：「誨」從「言」，指教導（孩子）。「倦」指疲倦。

「悔」從「心」，與心理活動有關，本義指心情不好。後引申為因做錯了事而懊惱，如：「悔恨」、「懊悔」。

例句：1. 江老師一生勤勤懇懇，誨人不倦，培養了一批又一批的學生。

2. 他現在很後悔，辜負了當初老師對他的教誨，如果時間可以重來該有多好！

歧途 ✓　　岐途 ✗

釋義：歧路，比喻錯誤的道路。

辨析：「歧」指岔道，大路分出的路。還可以指不相同，不一致，如：「歧視」、「歧義」。

「岐」指地名，在陝西。也可以指姓。

例句：1. 他因為結交了一幫損友，誤入歧途，斷送了美好的前程，直到現在才後悔莫及。

2. 大家對這件事情的看法產生了分歧，需要坐下來一起商量解決。

官邸 ✓　官低 ✗

釋義：由公家提供的高級官員的住所。

辨析：「邸」指高官要人的住所，如：「府邸」、「官邸」。也可以指客店、旅館，如：「客邸」。

「低」指從下向上距離小；離地面近，如：「降低」、「低空」。也可以指在一般標準或平均程度以下，如：「眼高手低」。

例句：1. 白宮是美國總統的官邸和辦公室，位於美國的首都華盛頓。

2. 我們怎可以一味貶低別人，抬高自己呢？

飲鴆止渴 ✓　飲鳩止渴 ✗

釋義：用毒酒來解渴。比喻只求解決目前困難而不計後果。

辨析：「鴆」從「鳥」，本義指傳説中一種有毒的鳥，用牠的羽毛泡的酒，喝了能毒死人。後用來指毒酒。

「鳩」從「鳥」，指斑鳩，是一種鳥。

例句：1. 我們現在毫無節制地濫採自然資源，無異於飲鴆止渴，最終必然遭到自然界的報復。

2. 這幾輛車不知道是誰的，鳩佔鵲巢，佔了社區業主的車位，引起了大家的不滿。

打烊 ✓　打洋 ✗

釋義：指商店晚上關門停業。

辨析：「烊」指商店晚上關門停業。

「洋」指比大海更大的水域，如：「太平洋」。也可以指外國的，如：「洋人」。

例句：1. 現在已經很晚了，商店都打烊了，去哪裏才能買到這些東西呢？

2. 因為是周年慶，這家百貨公司決定這幾天不打烊，通宵營業。

3. 聖誕節快到了，街上洋溢着節日的氣氛，很多商店都為此推遲了打烊的時間。

按照寫法正確的詞語走，就可以走出迷宮，試一試吧！

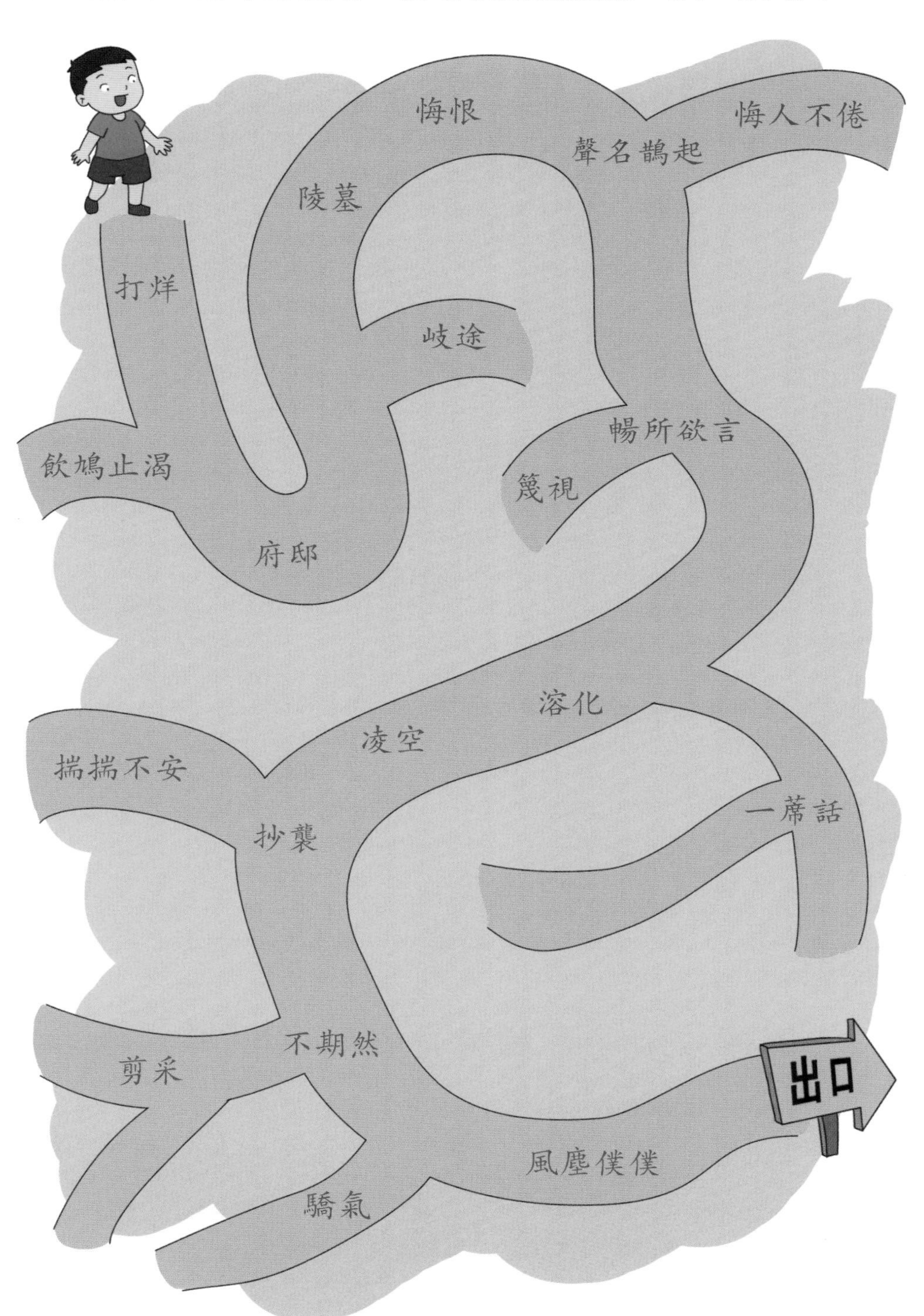

中流砥柱 ✓　　中流砥柱 ✗

釋義：就像屹立在黃河急流中的砥柱山一樣。比喻能擔當重任、支撐危局的英雄人物。

辨析：「砥」原指質地細緻的磨刀石，如：「砥石」。

「砥」的聲旁是「氐」，以「氐」為聲旁的字，都保留了「氐」的發音，如：「抵」、「底」、「邸」等。所以凡是保留了「氐」的發音的字，它們底下都要有一點。

以「氏」為聲旁的字較少，而且多數不再保持「氏」的發音，如：「紙」、「芪」。

例句：1. 子健是我們學校足球隊的中流砥柱，每場球賽他都有發揮重要作用。

2. 你可別小看這幾個工程師，他們個個具有真才實學，是這家小工廠的中流砥柱。

滄海一粟 ✓　　滄海一栗 ✗

釋義：指大海裏的一粒穀子，比喻非常渺小。

辨析：「粟」從「米」，和米有關，指穀子，去皮後稱小米，如：「粟米」。

「栗」從「木」，指栗子或栗子樹，如：「板栗」、「火中取栗」（比喻冒着危險給別人出力，自己上了大當，一無所得）。

例句：1. 一個人的見聞，一個人的聰明才智，比起天下人的見聞，天下人的聰明才智，只能説是滄海一粟。

2. 地球雖大，但從整個宇宙來看，不過是滄海一粟罷了。

輝煌 ✓　　輝熿 ✗

釋義：①光華四溢，燦爛奪目。②形容成績顯赫。

辨析：「煌」從「火」，是明亮的意思。「輝」是閃耀的光彩的意思。有些人會因為「輝」從「光」而將「煌」也寫為「熿」，這是不對的。

例句：1. 這個雄偉的宮殿不但裏面非常華麗，外面看也是金碧輝煌的。

2. 不管你曾經取得了多麼輝煌的成績，也不能保證你會一直成功。

病入膏肓 ✓　　病入膏盲 ✗

釋義：形容病情嚴重到了無法醫治的地步。也比喻事情嚴重到了不可挽救的程度。

辨析：中國古代醫學把心尖脂肪叫「膏」，心臟和膈膜之間叫「肓」，認為「膏肓」是藥力達不到的地方。既然藥力達不到，那病入了「膏肓」也就無法醫治了。「膏」字有兩個「口」，不要漏寫了一個。

「盲」指看不見東西，與「肓」的意思完全不同，不能誤用。

例句：1. 她整天疑神疑鬼，總覺得自己病入膏肓了，整天唉聲歎氣的。

2. 如果一個機構的腐敗已經到了病入膏肓的地步，還會有甚麼前途呢？

蒼勁 ✓　　蒼勁 ✗

釋義：指（樹木）蒼老挺拔。也可指（書法、繪畫）等老練而強健有力。

辨析：「蒼」在這裏有兩個意思，如果是形容樹木，則表示蒼老的意思；如果是形容書法或繪畫，則表示老練的意思。

「勁」指堅強有力。「勁」的左下部是「工」，不要誤寫為「土」。

例句：1. 狂風來了，那蒼勁的松樹挺直了古銅色的軀幹，舞動着粗壯的臂膀，毫不畏懼地和狂風展開博鬥。

2. 他也不推辭，拿起毛筆，大筆一揮，幾個蒼勁的大字躍然紙上。

3. 過不了多久，竹筍便長大了，長成了蒼勁挺拔的竹子。

激昂 ✓　　激昻 ✗

釋義：形容（情緒、語調等）激動昂揚。

辨析：「激昂」多指情緒、語調上的高昂，如：「慷慨激昂」。「激昂」較「激動」更加激奮。「激動」是受刺激後表現出內心激動，感情激動。「激昂」是指受刺激後，感情高漲而表現在言語和行動上，如：「激昂的歌聲」。「昂」的左下部是「ㄈ」，不要誤寫成「ㄗ」。

例句：1. 人們被他激昂的演講帶動起來，再也沒法保持剛才的平靜。

2. 鄭成功慷慨激昂地說：「台灣自古以來就是中國的領土，絕不允許侵略者橫行霸道！」

一 巧填「粟」、「栗」字詞語。

1. 一隻狡猾的猴子騙貓從火中取栗子，結果貓爪上的毛被火燒掉，而栗子卻全被猴子吃了。比喻為他人冒險出力，自己卻一無所獲。

這個故事講述的成語是：

☐ A. 火中取栗　　☐ B. 火中取粟

2. 伯夷與叔齊二人認為周武王伐紂是不義之戰，勸説周武王無效後，隱居在首陽山採野果為生，終生不吃周的糧食。形容氣節高尚，誓死也不願與非正義或非仁德的人有瓜葛。

這個故事講述的成語是：

☐ A. 不食周粟　　☐ B. 不食周栗

二 下面哪一組詞語完全正確？在後面的方格內加 ✓。

1. 民脂民膏　滄海一粟　慷慨激昂　蒼勁有力　☐
2. 金碧輝煌　昂首闊步　中流砥柱　病入膏肓　☐
3. 氣宇軒昂　川流不息　盲人説象　燈火輝煌　☐
4. 低聲下氣　勁頭十足　飲鴆止渴　揣揣不安　☐
5. 誤入岐途　悔人不倦　迫在眉睫　始作俑者　☐

折扣 ✓　　拆扣 ✗

釋義：買賣貨物時，按照標價減去一個數目後所剩餘數的成數，減到原標價的十分之幾就叫做幾折。

辨析：「折」的甲骨文 ＝ （被截成兩段的樹 ）＋ （斤，斧子），表示用斧子 將一棵樹 砍成兩段 。意為用手拿斧弄斷東西。「折扣」的「折」是由本義引申出來的，表示把價格砍下來。

「拆」表示打開、分散，如：「拆開」、「拆散」等。

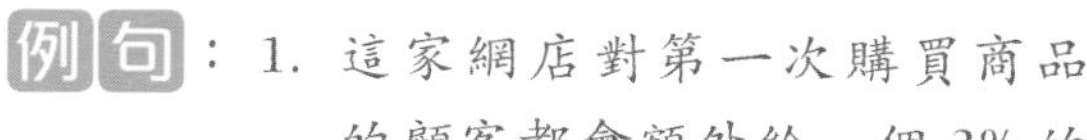
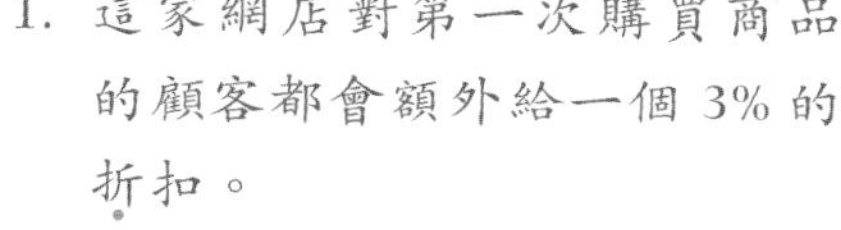

例句：
1. 這家網店對第一次購買商品的顧客都會額外給一個 3% 的折扣。
2. 子文說話向來都是信口開河，所以對他講的話你不能全信，一定要打一個折扣。
3. 這條街上的商舖馬上就要拆除了，所以很多店舖都以很低的折扣在出售貨物，很是划算。

夢寐以求 ✓　　夢寐以求 ✗

釋義：睡夢中也在想。形容願望的迫切。

辨析：「寐」的意思是睡，睡着，如：「假寐」（閉目養神）、「夜不能寐」（心中有事，晚上怎麼也睡不着覺）。

注意：「寐」的右下角是「未」，不能寫成「末」。

例句：
1. 長大後能成為一個演員，並在荷里活站穩腳跟，是她自小便夢寐以求的事情。
2. 一想到這些傷心事，姑母就夜不能寐。
3. 經過長達兩個月的輪番比賽，我們校的足球隊終於拿到了夢寐以求的「全港中學生足球比賽」的冠軍。

跋涉 ✓　　跋涉 ✗

釋義：指爬山趟水。形容旅途艱苦。

辨析：「跋」從「足」，指在山上行走。「涉」的甲骨文 ＝ (步，行走)＋ (川，河)，表示徒步淌水過河。旅途既要爬山，又要趟水，自然是很艱苦的，所以「跋涉」用來形容旅途艱苦。「涉」在寫的時候不要多加了一點寫成「涉」了。

例句：1. 唐僧師徒四人長途跋涉，歷經千辛萬苦，只為取得真經。

2. 父母不會對我們的晚會作過多的干涉，只要不影響到鄰居就好。

3. 姊姊很喜歡中國古典文學，諸如唐詩、宋詞等都涉獵過。

凋敝 ✓　　凋蔽 ✗

釋義：指事業衰敗。也可指生活困苦。

辨析：「凋敝」的「敝」即是衰敗的意思。

「蔽」從「艸」，指遮蓋、擋住的意思，如：「掩蔽」、「衣不蔽體」。

例句：1. 自香港發生暴亂以來，這裏的遊客明顯少了很多，很多商鋪的生意凋敝了許多。

2. 他藏在隱蔽的角落裏，躲過了黑衣人的追蹤。

精湛 ✓　　精堪 ✗

釋義：形容（技藝等）精深嫻熟。

辨析：「湛」從「水」，指水清澈透明，如：「湖水清湛」。後引申為深厚，如：「精湛」。

「堪」的篆文 ＝ (土，塔台)＋ (甚，飲酒作樂)，表示古代用於祭祀、慶典的巨大土台。後引申指承重，經受，如：「不堪一擊」。也引申指可以，能夠，如：「不堪回首」。

例句：1. 雕刻師傅的技術精湛，一會兒的工夫，一隻小巧可愛、惟妙惟肖的小貓便完工了。

2. 沒想到這支球隊不堪一擊，上場才十多分鐘就被對手連進兩球。

3. 湛藍的天空倒映在碧波萬頃的大海上，水天一色，景色令人心曠神怡。

一　下面的迷宮按正確的詞語走才能走出去，試一試吧！

入口 → （第二行）　　出口 → （第四行）

跋涉	卸裝	針灸	意想天開
折扣	精湛	凋蔽	抄習
鹿茸	偏袒	蕭條	查無音信
攣生	遷徒	打烊	輝煌
船漿	沾辱	謾畫	憋扭

二　圈出段落中的錯別字，並在括號內改正。

1.　志文花了一個上午的時間起草他晚上的髮言題綱，這個發言既要包恬豐富的內容，又要有精堪的見解，要寫好實在是不大容易。

(　　)(　　)(　　)(　　)

2.　我想：那些跋涉在千裏沙漠裏的人們，對於生命會有更深奧、更清晳的理解。

(　　)(　　)(　　)

3.　戰爭給這個國家帶來的創傷實在是太嚴重了：百業凋蔽，城市蕭條，民不聊生，不知道需要多少年才能使這創傷得到癒合？

(　　)(　　)(　　)

遷徙 ✓　　遷徒 ✗

釋義：遷移。

辨析：「徙」指遷移、轉移，如：「遷徙」。「遷徙」一般指週期性的，長距離地往返於不同棲居地的行為。一般都是有規律性的、沿相對固定的路線、定時地遷移行為。

「徒」指步行，如：「徒步」。「徒」沒有遷移的意思，所以「遷徙」不能寫為「遷徒」。

例句：1. 養蜂人的生活艱辛，他們必須隨花遷徙，四海為家。

2. 客家人的祖先源自中原，是從中原慢慢地遷徙到南方的。

3. 他這樣做，無非是徒增煩惱罷了，哪裏能真的解決問題呢？

鹿茸 ✓　　鹿葺 ✗

釋義：雄鹿初生的角，有細短的茸毛，富含養分，是珍貴的中藥。

辨析：「茸」的篆文[篆文]＝[篆文]（艸，嫩芽）＋[篆文]（耳，聰，機靈），指雄鹿未骨化的芽狀嫩角，嫩角表面長絨毛，內含血液，是一種貴重的中藥。

「葺」從「艸」，指用茅草覆蓋房頂。現指修理房屋，如：「修葺」。

例句：1. 鹿茸雖然名貴，但想想那麼多雄鹿會因此而失去自己的角，我都覺得很殘忍。

2. 工作人員把鹿棚修葺了一下，使小鹿們不再受風吹雨淋之苦。

偏袒 ✓　　偏祖 ✗

釋義：偏心地支持或保護雙方中的一方。

辨析：「袒」本義指脫去或敞開上衣露出（身體的一部分），如：「袒胸」。也指對錯誤的思想行為無原則地支持或保護，如：「袒護」。根據「袒」的本義可以知道，「袒」應從「衣」，而非「礻」。

例句：1. 如果父母無原則地偏袒孩子，只會讓孩子變得是非不分，飛揚跋扈。

2. 法官就是公正的象徵，他們不會偏袒任何一方。

3. 在這場足球比賽中，教練因為明顯地袒護甲隊，而遭到乙隊球迷的一致批評。

孿生 ✓　　孿生 ✗

釋義：雙生，俗稱「雙胞胎」。

辨析：「孿」從「子」，是雙生，俗稱「雙胞胎」的意思。

「攣」從「手」，指蜷曲不能伸直，如：「攣縮」、「痙攣」。

「孿生」與人有關，故從「子」部，不能寫成從「手」部的「攣」。

例句：1. 美兒和小敏總是形影不離，她們家也住得很近，不知道的人還以為她們是孿生姊妹呢。

2. 他感到胃裏一陣陣痙攣，隨之而來的劇烈疼痛令他忍不住呻吟起來。

草菅人命 ✓　　草管人命 ✗

釋義：把人命看得像野草一樣，指任意殘殺人民。

辨析：「管」從「竹」，指管子，圓筒形的東西，如：「鋼管」。也可以指形狀像管的電器件，如：「電子管」。

「菅」從「艸」，本義指多年生草本植物。形狀像茅，根堅韌可作刷子等。也可泛指雜草、野草。「草菅人命」中，「菅」指野草，故不能寫成「管」。

例句：1. 每個生命都是平等，值得尊敬的，為官者怎能貪贓枉法、草菅人命呢？

2. 我相信執政者不會對百姓的痛苦不管不顧的。

杳無音信 ✓　　查無音信 ✗

釋義：沒有一點消息。

辨析：「杳」是會意字，上「木」下「日」，表示太陽落在樹下。本義指昏暗，後來引申為遠得無影無蹤，如：「杳無音信」。

「查」的本義是水中的浮木，後來引申為檢驗，核對，瞭解情況。如：「考查」、「調查」。

「查」雖然較「杳」只多了一個「一」，意義卻完全不同。

例句：1. 姊姊給很多雜誌社都投了稿件，可是最後都杳無音信。

2. 畢業後，她便和所有的同學都失去了聯繫，從此杳無音信。

想一想

一 在下面的字上各減一筆，使之成為新字，並組成詞語。

1. 查 — □ = □ (   )
2. 拆 — □ = □ (   )
3. 待 — □ = □ (   )
4. 治 — □ = □ (   )
5. 匆 — □ = □ (   )

填一填

二 在下列句子中的橫線上填上適當的字。

1. 一天又一天，孟姜女苦等她的丈夫歸來，可都 ______ 無音信。
2. 他們是一對 ______ 生兄弟，長相、身高都幾乎一模一樣，外人很難分清。
3. 每到秋冬季節，大雁都要從西伯利亞一帶，成羣結隊地遷 ______ 到南方過冬。
4. 老師一向公正，不會偏 ______ 任何一個同學，我們不如找他去作個評判吧！
5. 皇帝發現，官員們不但借辦差胡吃海喝、巧立名目挖國庫銀兩，更可恨的是，不少官員還暗自勾結，草 ______ 人命，造成冤案越來越多。

綜合練習一

一　圈出下面正確的詞語。

剔除	青睞	崛強	戲虐
酬備	荒廢	毆打	輕挑
暈炫	收訖	晉升	玄虛
震憾	抄習	篾視	篡位
精焊	撕殺	含養	樞紐

二　在下面的橫線上填上疊詞，完成詞語。

1. 來勢______ ______
2. ______妙______肖
3. ______ ______在目
4. 其樂______ ______
5. ______ ______武夫
6. 風塵______ ______
7. 神采______ ______
8. 鬼鬼______ ______
9. ______火______荼
10. ______ ______來遲

三 選出正確的字，填在橫線上。

窠　巢　默　墨　溢　異　恍　晄　彷　固　寐

瑕　暇　暇　佯　烊　洋　愁　籌　躊　故　涉

1. 既然你們誰也沒辦法説服誰，不如我們求同存______，先看看你們合作可以將哪些事情做得更好。

2. 這個創意明明是我和子文想出來的，沒想到他卻鳩佔鵲______，對老師説這是他的主意。

3. 這塊玉雖然有些破損，但勝在成色上好，所以______不掩瑜，應該能夠賣一個好價錢。

4. 如果遇到緊急情況，我們就可以靈活處理，不能總是______守成規。

5. 那位相撲運動員採取聲東擊西的______攻手法，使對方猝不及防，終於揪住了對方，開始搏鬥起來。

6. 連續兩個晚上都加班，她覺得自己精神都開始______惚了，決定回家好好休息一下。

7. 家裏的男主人生病需要錢醫治，孩子上學也需要錢，自己又沒有工作，她覺得一______莫展。

8. 上次你是採取這種方法通過了第四關，現在人物設置已經發生了變化，如果還是採取相同的方法，豈不是______步自封嗎？

9. 面朝大海，春暖花開，這不正是你夢______以求的家園嗎？

10. 這個主題公園將各個國家的歷史遺跡、古今名勝都濃縮在一起，讓我們不用長途跋______即可領略各地風光。

四 圈出下面句子中的錯別字，並在括號內改正。

1. 年少時，他和父母堵氣便獨自出國留學，兩年的時間都查無音信，讓家人操碎了心。 (　　) (　　)
2. 離別數十年，看到家鄉的鄉村還是如此地簫條，他的內心感到無比地稠悵。 (　　) (　　)
3. 經過警員的教誨，他最終改斜歸正，在一家公司從普通員工做起，最近還得到了進升。 (　　) (　　)
4. 媽媽現在已經非常生氣了，你卻還在一旁扇風點火，你這不是維恐天下不亂嗎？ (　　) (　　)
5. 看着牆上爺爺的遺像，我們不禁撫今追昔，許多前塵往事依然曆曆在目。 (　　) (　　)
6. 阿姨對衣服的要求很高，她認為寧缺無濫，不能為了一味追求好看而忽略了品盾。 (　　) (　　)
7. 在發生了顧客食物中毒事件後，這家餐廳的負責人還一在地敷衍失責，引起了公憤。 (　　)
8. 子健在演講時常常能夠旁證博引，再加上他穩健的台風，抑揚頓錯的聲調，所以總是能引起滿堂喝彩。 (　　) (　　)
9. 那些站崗的士兵站在那裏堅如盤石，即使蟲子叮咬他們，他們也是蚊絲不動。 (　　) (　　)
10. 為了給學生傳受更多知識，林老師每堂課都要不停講話，一節課下來經常是舌蔽脣焦。 (　　) (　　)
11. 這部話劇很值得一看，是由幾位演技精堪的老藝術家傾情演譯的。 (　　) (　　)

綜合練習二

一　在下面方格內填上適當的近義詞，完成詞語。

1. □山□水
2. 爭□鬥□
3. 連□累□
4. 言□意□
5. □來□往
6. 皮□肉□
7. 千□萬□
8. □謀□計
9. □官□吏
10. □堅□摧

二　下面的成語運用了哪種修辭？按類別給它們分類。

日月如梭	趨之若鶩	迫在眉睫
如火如荼	遺臭萬年	無堅不摧
以逸待勞	遮天蔽日	草菅人命
貌合神離	改邪歸正	千頭萬緒

三 將下面的字與相對應的字用線連起來，使組成詞語。

1.	A. 糟	榻
	B. 牀	蹋
	C. 坍	塌
2.	A. 催	燦
	B. 摧	促
	C. 璀	毀
3.	A. 繹	演
	B. 驛	者
	C. 譯	站
4.	A. 溶	洽
	B. 熔	岩
	C. 融	液
5.	A. 詆	柱
	B. 抵	毀
	C. 砥	達
6.	A. 渙	發
	B. 煥	牙
	C. 換	散

四 圈出正確的字，使成語變得完整。

1. 成績（斐　裴　悲）然
2. 面目猙（獰　擰　嚀）
3. 良（繡　秀　莠）不齊
4. 始作（俑　蛹　湧）者
5. （悔　誨　侮）人不倦
6. 相形見（茁　拙　絀）

五　在下面句子的橫線上填上正確的字。

1. 這家餐廳連續更換了好幾個廚師，生意沒變好，反倒越來越＿＿＿＿條了。

2. ＿＿＿＿是中國古代的一種樂器，現在已經很少有人會吹奏了。

袒　坦

3. 哥哥為人一向＿＿＿＿蕩，他是絕對不會在私底下做這些小動作的。

4. 作為老師，處事要公正，不能偏＿＿＿＿任何一位學生。

5. 現在明明是法制社會，怎麼還會有如此草＿＿＿＿人命的事情發生呢？

6. 爸爸出差羅馬，只到羅馬鬥獸場轉了一下，對這歷史古城都只是＿＿＿＿中窺豹而已。

堪　湛

7. 他的演技精＿＿＿＿，在全世界都有很多影迷。

8. 每天放學後她還要上各種補習班，已經不＿＿＿＿重負了。

敝　蔽

9. 今天的霧很大，遮天＿＿＿＿日的，只能勉強看到幾米外的地方。

10. 戰亂年代，百姓流離失所，百業凋＿＿＿＿，生靈塗炭。

六 圈出下面段落中的錯別字，並在括號內改正。

1. 　　日月如梳，不知不覺他們離開校園已經有二十年了。雖然不能時時相聚，卻能一見如固，這便是同窗情誼。相識時，他們正風花正茂。如今，卻人到中年，歷經倉桑。

(　　) (　　) (　　) (　　)

2. 　　相見的那一刻，竟是那樣的放縱和無拘無束。大家握手、擁抱，互相打趣戲虐，彷彿一下子又重回到了二十年前。一張張笑臉親切依舊，一聲聲呼喚婉如從前。大家在一起，有聊不完的前程往事，有説不盡的喜悦感溉，有道不盡的離別愁序。

(　　) (　　) (　　) (　　) (　　) (　　)

3. 　　歲月的風霜早已拂過我們的臉寵，少許銀絲也悄悄鑽進我們的頭髮裏。可正是因為有了歲月的積綻，才讓我們有了更加豐富的人生色彩。生活中的磨勵，讓我們變得更加眷智，更加寬容。我們其待着下一次的相逢。

(　　) (　　) (　　) (　　) (　　)

答案

P8

一
晉級　　退步
長進　　降職
晉升　　降級
進口　　削職為民
加官晉爵　　出口

二
1. 崛　　2. 掘
3. 倔　　4. 塌，榻
5. 塌，塌　　6. 溢，異

P11

1. 瑕，暇，暇，瑕
2. 搧，煽　　3. 墨，默，默，墨
4. 其，奇，奇，其，奇，其，奇，其，奇，其，奇，其，奇，其，奇，其，奇，其，奇，奇

P14

1. 恍然大悟　　2. 不負眾望
3. 熙來攘往　　4. 精神恍惚
5. 丟三落四

P17

一（組詞僅供參考）
1. 霄，雲霄；宵，宵夜；屑，紙屑；鞘，出鞘
2. 眈，虎視眈眈；忱，熱忱；耽，耽誤；枕，枕頭

二
1. 籌　　2. 出　　3. 籌　　4. 籌
5. 酬　　6. 酬

P20

一　破綻百出，兇神惡煞，頭暈目眩，洶湧澎湃

二
1. (害)；駭　(殺)；煞　(眩)；炫　(炫)；眩
2. (華)；嘩　(茅)；矛　(腚)；綻　(圓)；圓　(殺)；煞
3. (凶凶)；洶洶　(害)；駭　(兇)；洶　(凶)；兇　(殺)；煞　(害)；駭

P23

少	3老	奸	巨	猾	自	不	力
年	圖	強	7故	事	事	給	為
且	天	步	2滑	5高	潮	迭	起
過	自	4頑	強	頭	無	大	公
封	閉	固	8懸	持	滑	掛	6層
連	重	不	度	燈	添	腦	層
城	量	化	口	手	結	花	疊
1故	弄	玄	虛	吉	交	綵	疊

1. 故弄玄虛　　2. 滑頭滑腦
3. 老奸巨猾　　4. 頑固不化
5. 高潮迭起　　6. 層層疊疊
7. 故步自封　　8. 懸燈結綵

P26

1. 維　　2. 惟，惟　　3. 綿
4. 綿，棉　　5. 刎　　6. 吻

P29

一
1. 無所不能　　2. 不可或缺
3. 黯然神傷　　4. 暫付闕如
5. 寧缺毋濫

二
1. 冒天下之大不韙，諱言，暗中
2. 部署，佈置，步驟
3. 黯然失色，暗無天日，黯然神傷

P32

一
1. 鑠金　　2. 貽笑
3. 留連　　4. 改邪

二
1. 憾，震　　2. 怡，貽
3. 斜　　4. 邪

P35

一
A. 鬼，鬼　　B. 詭
C. 鬼　　D. 詭　　E. 鬼
F. 詭　　G. 鬼，鬼

二

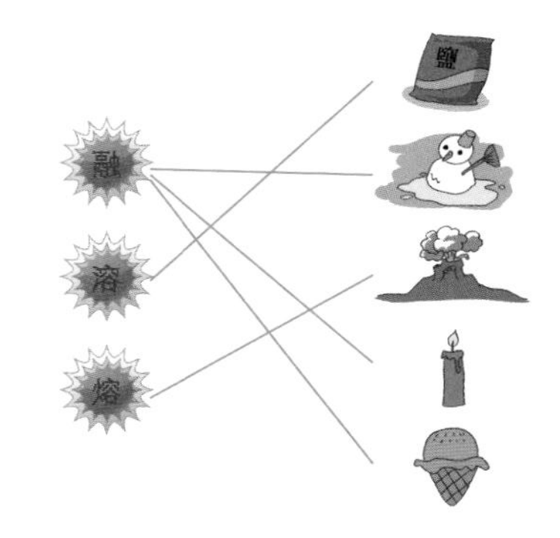

P38

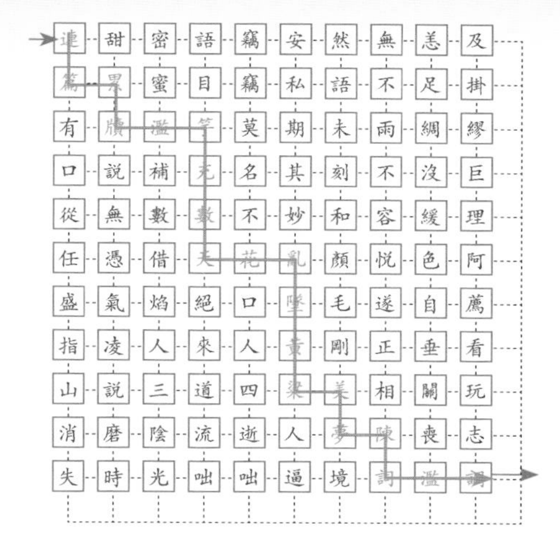

P41

1. 篡　2. 拜　3. 悍　4. 廝
5. 瑰　6. 撕

P44

一　A. 抄襲　B. 荒廢
C. 剎那間　D. 升斗小民
E. 習以為常

二　A. 升　B. 星　C. 星　D. 升
E. 星　F. 升　G. 星

P47

一　A. 修心養性　B. 不擇手段
C. 覆水難收　D. 心心念念

二　1. ㊂雜；集　宗；綜　集；雜　撼；憾
2. 虜；虐　漫；蔓　摘；擇　撤；撒

P50

一

		旁		
		若		
勝		無	宅	
人	沁	人	心	脾
一	視	同	仁	
籌			厚	

二

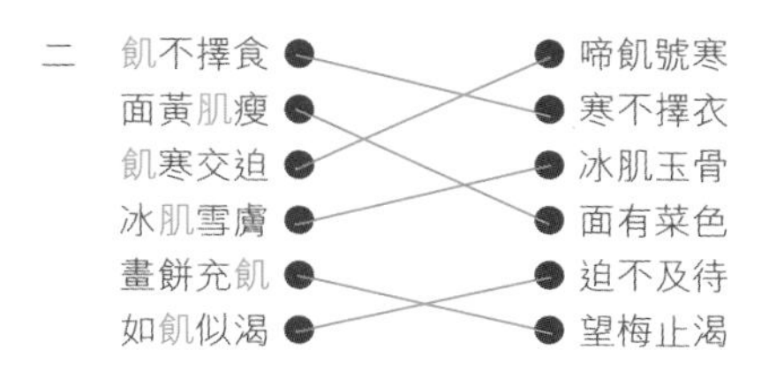

P53

一　1. 會　2. 文　3. 減　4. 待
5. 蓬　6. 衝　7. 代　8. 聞

二　1. 首當其衝　2. 蓬頭垢面
3. 以逸待勞　4. 融會貫通
5. 文過飾非

P56

一　1. 錯；挫；錯；挫
2. 征；證；證；征；徵；征；證；證
3. 鵲；雀；鵲；鵲；雀；雀；雀；雀

二　溉；概　骨；股　提；題　雀；鵲
僕；樸

P59

1. 拔；跋　2. 戈；弋
3. 班；斑　4. 穀；穀
5. 跋；拔　6. 穀；轂
7. 斑；班　8. 出類拔萃，可見一斑
9. 到處游弋　10. 跋山涉水
11. 五穀豐登　12. 原班人馬

P62

一（組詞僅供參考）
1. 區，欠，歐，歐洲
2. 區，鳥，鷗，海鷗
3. 區，殳，毆，毆打
4. 氵，區，漚，漚肥
5. 扌，區，摳，摳門

二　1. 輕佻，挑選　2. 戲謔，虐待
3. 樞紐，鈕帶　4. 蔑視

P65

一（組詞僅供參考）
1. 艸，非，菲，價格不菲
2. 虫，非，蜚，流言蜚語
3. 彳，非，徘，徘徊
4. 忄，非，悱，悱惻
5. 心，非，悲，悲歡離合

二　1. 一席話，受益菲淺
2. 支撐，不至於
3. 適得其反，順其自然

P68

一　1. 爭，奇，豔　2. 叨，陪，末
3. 趁，打，劫　4. 藕，自，縛
5. 赳，赳，武　6. 萬，丈，深

二　1. 叨　2. 縛
3. 赳赳　4. 仗

P71

一

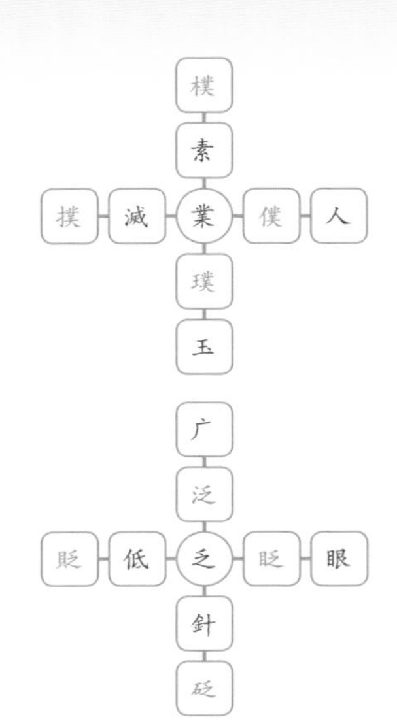

二 1. 史；吏　盲；膏

2. 僕；撲　撲；璞

3. 樸樸；僕僕　啼；蹄

4. 砭；貶　盪；蕩

5. 沿；緣　貶；砭

P74

一

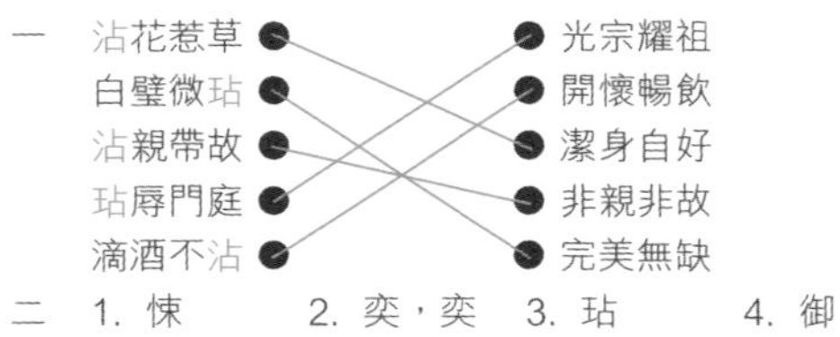

二 1. 悚　2. 奕，奕　3. 玷　4. 御

5. 剔　6. 璧

P77

一 1. 摧　2. 騰　3. 祥　4. 崇

二

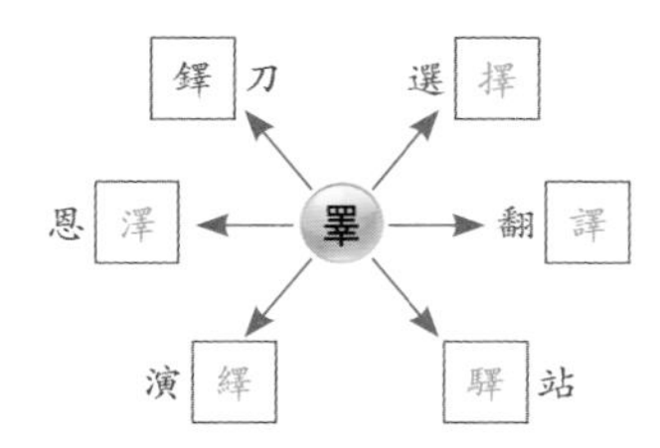

P80

1. 貶　2. 泛　3. 縝　4. 慎

5. 蔽　6. 敝　7. 劈　8. 辟

P83

A. 遺　B. 周，遣

C. 遺，萬　D. 造，書

E. 湯，仔　F. 數，博

G. 馬，躁　H. 女，貫

I. 夜，漿

1. 嬌生慣養　2. 蕩然無存

3. 遺臭萬年　4. 旁徵博引

5. 玉液瓊漿

P86

1. 藉　2. 藉

3. 籍，籍　4. 酒　5. 銷

P89

不	世	齊	1如	無	緩	旁	傍
無	5膾	以	火	複	加	喻	7炙
擬	炙	裏	如	前	獅	獨	手
私	人	語	茶	2笑	促	曙	可
概	口	流	3姍	曇	不	頭	熱
陽	雪	貽	笑	姍	翁	可	馬
4俯	仰	由	人	福	來	勢	抑
排	海	6立	竿	見	影	遲	集

1. 如火如荼　2. 笑不可抑

3. 姍姍來遲　4. 俯仰由人

5. 膾炙人口　6. 立竿見影

7. 炙手可熱

P92

一 1. A. 日　B. 口　C. 口　D. 口

2. A. 米　B. 忄　C. 米　D. 疒

3. A. 扌　B. 扌　C. 王　D. 忄，忄

4. A. 扌　B. 艸　C. 糸　D. 口，口

二 1. 瘁　2. 絀　3. 暄，喧

4. 惴，惴，揣　5. 粹　6. 咄，咄

P95

一

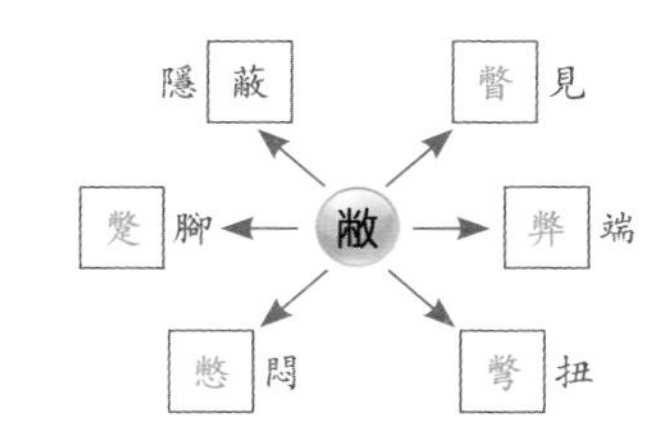

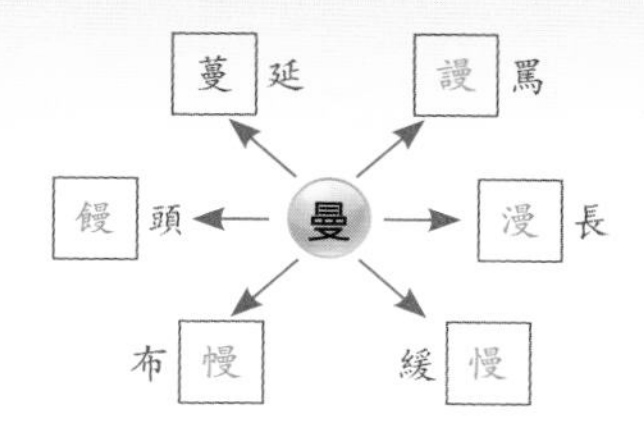

二 1. 警；鱉
2. 兢兢；兢兢　霖；霆
3. 謾；漫
4. 繹；譯　殞；隕
5. 側；廁　魅；魔

P98

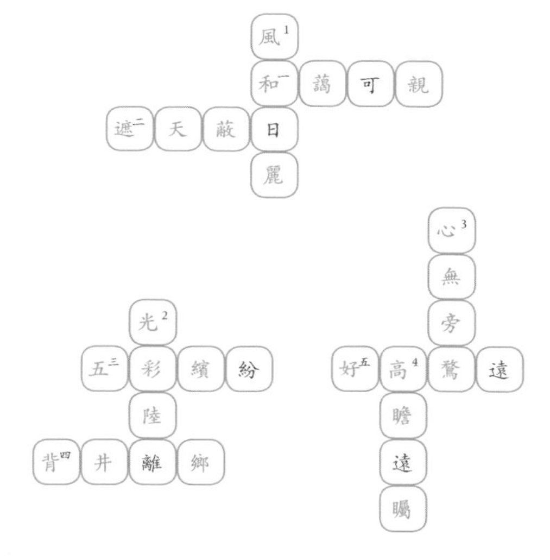

P101

一 1. 揭竿而起　2. 集腋成裘
3. 聲嘶力竭　4. 煥然一新
5. 脱胎換骨　6. 天色迷濛

二 1. 聲嘶力竭　2. 煥然一新
3. 脱胎換骨　4. 集腋成裘
5. 天色迷濛

P104

1. 不勞而獲，荒蕪
2. 全力以赴，坐以待斃
3. 遭遇，面目猙獰　4. 肄業生，妨礙
5. 沉湎，蹉跎　6. 漫長，蟄伏

P107

一

二 1. 炮製，泡湯　2. 馳騁，賽場
3. 稠密，惆悵　4. 楊柳，啁啾

P110

A. 釒，阝　B. 咼，艸　C. 辶，聿
D. 台，甬　E. 秀　F. 禾，心
1. 鋌而走險　2. 迫在眉睫
3. 始作俑者　4. 良莠不齊
5. 禍起蕭牆

P113

按照這樣的詞語順序走：打烊，府邸，陵墓，悔恨，聲名鵲起，暢所欲言，溶化，凌空，抄襲，不期然，風塵僕僕

P116

一 1. 火中取栗　2. 不食周粟

二 2. ✓

P119

一

入口 → 折扣 → 跛涉 → 卸裝 → 精湛 → 偏袒 → 蕭條 → 打烊 → 輝煌 → 出口

跛涉	卸裝	針炙	意想天開
折扣	精湛	凋蔽	抄習
鹿茸	偏袒	蕭條	查無音信
孿生	遷徒	打烊	輝煌
船槳	沾辱	謾畫	憋扭

二 1. (髮)；發　(題)；提　(恬)；括　(堪)；湛
2. (涉)；涉　千(裏)；千里　(晳)；晰
3. (凋)；凋　(蔽)；敝　(簫)；蕭

P122

一（組詞僅供參考）
1. 一，杳，杳無音信
2. 丶，折，折扣　3. ㇒，侍，侍候
4. 丶，冶，冶煉
5. 丶，勿，請勿打擾

二 1. 杳　2. 孿　3. 徙　4. 袒
5. 菅

綜合練習一

一

(剔除)	(青睞)	崛強	戲虐
酬備	(荒廢)	歐打	輕挑
暈炫	(收訖)	(晉升)	(玄虛)
(震憾)	抄習	篾視	(篡位)
精焊	撕殺	含養	(樞紐)

二 1. 洶，洶　2. 惟，惟
3. 歷，歷　4. 融，融
5. 赳，赳　6. 僕，僕
7. 奕，奕　8. 祟，祟
9. 如，如　10. 姍，姍

三 1. 異　2. 巢　3. 瑕　4. 墨
5. 佯　6. 恍　7. 籌　8. 故
9. 寐　10. 涉

四 1. (堵)；賭　(查)；杳
2. (簫)；蕭　(稠)；惆
3. (斜)；邪　(進)；晉
4. (扇)；煽　(維)；唯
5. (象)；像　(曆曆)；歷歷
6. (無)；毋　(盾)；質
7. (失)；塞
8. (證)；徵　(錯)；挫
9. (盤)；磐　(蚊)；紋
10. (受)；授　(蔽)；敝
11. (堪)；湛　(譯)；繹

綜合練習二

一 1. 跋，涉　2. 妍，豔
3. 篇，牘　4. 簡，駭
5. 熙，攘　6. 開，綻
7. 頭，緒　8. 陰，詭
9. 貪，污　10. 無，不

二 對比：以逸待勞，貌合神離，改邪歸正
比喻：日月如梭，趨之若鶩，如火如荼，草菅人命
誇張：迫在眉睫，遺臭萬年，無堅不摧，遮天蔽日，千頭萬緒

三

題	A	B	C
1.	糟—蹋	牀—榻	坍—塌
2.	催—促	摧—毀	璀—燦
3.	繹—演	驛—站	譯—者
4.	溶—液	熔—岩	融—洽
5.	詆—毀	抵—達	砥—柱
6.	渙—散	煥—發	換—牙

四 1. 斐　2. 獰　3. 莠　4. 俑
5. 誨　6. 絀

五 1. 蕭　2. 簫　3. 坦　4. 袒
5. 菅　6. 管　7. 湛　8. 堪
9. 蔽　10. 敝

六 1. (梳)；梭　(固)；故　(花)；華　(倉)；滄
2. (慫)；縱　(虐)；謔　(婉)；宛　(程)；塵
(溉)；慨　(序)；緒
3. (寵)；龐　(綻)；濺　(勵)；礪　(眷)；睿
(其)；期

筆劃索引

學好中文

不寫錯別字

初中篇

主編

思言

編著

葉子

編輯

喬健

版式設計

曾熙哲

排版

楊春麗

畫圖

張楠

出版者

萬里機構 · 萬里書店

香港鰂魚涌英皇道1065號東達中心1305室

電話：2564 7511

傳真：2565 5539

電郵：info@wanlibk.com

網址：http://www.wanlibk.com

http://www.facebook.com/wanlibk

發行者

香港聯合書刊物流有限公司

香港新界大埔汀麗路 36 號

中華商務印刷大廈 3 字樓

電話：2150 2100

傳真：2407 3062

電郵：info@suplogistics.com.hk

承印者

百樂門印刷有限公司

出版日期

二零一六年十一月第一次印刷

Published in Hong Kong

ISBN 978-962-14-6196-4